"我的书屋·我的梦"编委会

我的书屋·我的梦

2021年农村少年儿童阅读实践活动优秀征文作品集

"我的书屋·我的梦"编委会◎编

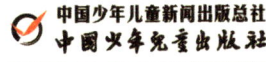

中国少年儿童新闻出版总社
中国少年儿童出版社

北　京

图书在版编目（C I P）数据

我的书屋·我的梦：2021年农村少年儿童阅读实践活动优秀征文作品集 / "我的书屋·我的梦"编委会编. -- 北京：中国少年儿童出版社，2022.3（2022.11重印）
ISBN 978-7-5148-7386-3

Ⅰ. ①我… Ⅱ. ①我… Ⅲ. ①文艺-作品综合集-中国-当代②作文-中小学-选集 Ⅳ. ①I217.1 ②H194.5

中国版本图书馆CIP数据核字（2022）第046768号

WO DE SHUWU WO DE MENG

出 版 发 行：中国少年儿童新闻出版总社
中国少年儿童出版社

出 版 人：孙 柱
执行出版人：马兴民

| 责任编辑：冯广涛 | 责任校对：杨 雪 |
| 执行编辑：张颖芳 | 责任印务：厉 静 |

社 址：北京市朝阳区建国门外大街丙12号	邮政编码：100022
总 编 室：010-57526070	发 行 部：010-57526568
编 辑 部：010-57526123	官方网址：www.ccppg.cn

印刷：北京华宇信诺印刷有限公司

开本：720mm×1000mm 1/16	印张：12
版次：2022年3月第1版	印次：2022年11月北京第4次印刷
字数：138千字	印数：16601-19100 册

| ISBN 978-7-5148-7386-3 | 定价：48.00 元 |

图书出版质量投诉电话010-57526069，电子邮箱：cbzlts@ccppg.com.cn

序

XU

◎陈 晖

　　《我的书屋·我的梦：2021年农村少年儿童阅读实践活动优秀征文作品集》呈现着农村孩子读书的真实场景。在一篇篇精彩的征文中，我看到了广大少年儿童爱党爱国、不懈奋斗、读书圆梦的精神面貌，感受到了他们在品读好书时发自内心的喜悦，也体会到了国家新闻出版署与教育部组织开展这一品牌阅读实践活动的价值与成效。

　　在全民阅读、儿童阅读日益受到重视的当下，国家投入了大量的人力物力，调动汇集阅读资源投放到教育及文化条件基础相对薄弱的地区。当农村孩子拥有丰富且优质的读物后，如何认识读书的意义，找到推动阅读的方法，发挥读书的作用和效能，依然是我们今后要面对及解决的问题。

　　对于这些问题，参加阅读实践活动的农村孩子在征文中有所回答。他们不仅对自己读书的过程有生动的记叙和形象的描绘，对读书的目的与作用也有各自的感悟和见解。

很多农村孩子认识到，要为理想和抱负的最终实现而读书。他们响应时代召唤，志存高远，明确要借助对书本的阅读，从人类文明的优秀成果、从中华民族悠久的历史和灿烂的文化、从仁人志士的道德情操中汲取精神营养，以革命先辈为榜样，"为中华之崛起而读书"。阅读党史故事读本之后，越来越多的少年儿童对先锋人物、革命纪念地、革命文物、革命诗文有了更为真切的感受，对传承红色基因、赓续革命精神、履行担当使命有了更为自觉的思考与追求，他们的成长也因此有了明确的方向。

很多农村孩子领会到读书对于滋养身心、陶冶性情的重要，他们愿意为开阔眼界、增长见识、丰富业余生活而读书，通过读书感知世间万物，领略自然与社会的千姿百态；通过读书找寻兴趣和爱好，满足好奇心；通过读书抚慰内心的孤独与寂寞、委屈与忧伤；通过读书体验文学和艺术的美，驰骋想象力，激发表达与创作的愿望……总之，从不同层面上享受着读书带来的愉悦和快乐，这就是阅读的价值。

我们期待城镇所有孩子们也能像农村孩子这样，积极主动地多读书，读好书，日积月累，持之以恒，用阅读充实生活与心灵，从阅读中获得成长的指引与助力。

（作者为北京师范大学文学院教授、博士生导师）

目录
MULU

小 学 卷

中 学 卷

小学卷

XIAOXUEJUAN

在书中经历未曾经历的年代

李逸达

　　书是灯，照亮了前行的路；书是桥，接通了彼此的岸；书是帆，推动了人生的船。我爱读书，因为在书中可以经历未曾经历的年代。

　　暑假来临，我又开启了暑假之旅的第一程，来到在乡村的爷爷奶奶家避暑纳凉。老家门前是绿油油的稻田，清澈见底的小溪，院内是一片生机勃勃的小菜园，微风袭来，空气中裹挟着泥土的芬芳，沁人心脾，非常凉爽。

　　来到这里，让我朝思暮想的乐园就是屋后的那所老学校。这所学校是全村几代人的母校。学校门前有一棵大槐树，它的树干已经中空，但要五六个人才能合抱过来。它的树冠遮盖了大半个操场，在炎炎夏日为大家遮阳挡雨。问起树龄大家都不得而知，但它带给了每个人不同的记忆。我最喜欢坐在树下听老爷爷讲述这棵大树在革命时期的故事，原来树洞内就是抗日游击队当年所挖地道的洞口，这更勾起了我对了解革命历史的渴望。

　　我决定利用假期走进老校的书屋，去寻找那书中尘封已久却刻骨铭心的记忆。今年恰巧迎来了中国共产党100岁的生日，书屋内也开设了红色记忆专题书柜，以便大家了解历史，勿忘历史，铭记党的光荣传统。我孜孜不倦地阅读着一本本关于新民主主义革命的书。一段段革命故事，一个个民族英雄，都见证了中国共产党的发展历程，更淋漓尽致地体现了共产主义精神，也让我经历了未曾经历的时代。

"我热爱中国共产党，热爱祖国，热爱人民，好好学习，好好锻炼，准备着：为共产主义事业贡献力量！"这是我加入中国少年先锋队的誓言。当我在书中打开了那一段段红色记忆，时光倒流，让我身临其境，更让我从起初的懵懂，变得更加懂得那段历史。

在这些革命故事中，长征的故事让我记忆犹新，书中用一组组数字诠释了长征精神。长征路上，四路红军长途跋涉近65000里，经过了14个省，翻越了40座大山，其中海拔4000米以上的雪山就有20余座，跨过近百条河流，其中24条是大河；中央红军平均每走364里路，才休整一天，行军速度平均保持在每天100里以上。在长征途中，红军共进行了600多次重要的战役战斗，面对的是数十倍敌人的围追堵截。在四渡赤水的时候，红军3万人，国民党军队40万人，红军武器装备严重落后，面对敌人的飞机大炮，仍不畏艰难，歼灭大量国民党军，取得最后的胜利。红军长征出发时约19万人，抵达终点后只剩下约5万人，牺牲的战士最小的只有11岁……读到这里，我默默地低下了头，湿了眼眶，更真切地感受到了我们的幸福生活来之不易。

浩气传千古，红壤吐血花。我们每一个人都是英雄们的眼睛，我们替他们看到了今日之中国，并为之耕耘，为之歌唱。久经磨难的中华民族，拥有永不磨灭的长征精神和共产主义者的理想信念，百折不挠，永不止步。

如今，中华民族站起来了，富起来了，强起来了。今天的中国在伟大的中国共产党的领导下，前所未有地接近着中华民族伟大复兴的目标。100年峥嵘岁月，100年披荆斩棘，今天，面对强权，我们态度鲜明："中国人民绝不允许任何外来势力欺负、压迫、奴役我们，谁妄想这样干，必将在14亿多中国人民用血肉筑成的钢铁长城面前碰得头破血流！"

少年胜于欧洲，则国胜于欧洲，少年雄于地球，则国雄于地球。在这间书屋，我仿佛走过了百年，一幕幕记忆在我眼前闪过。中国共产党从嘉兴南湖的游船上启航，而我，便在古河老校的这间书屋里暗下决心：我要好好学习，时刻准备着为共产主义事业贡献力量！

请党放心，强国有我！

○ 学　　校: 天津市北辰区普育学校
○ 指导教师: 魏　源

云南／李圣翊 绘

我——愿意托起你的梦

赵婧瑶

嗨，你们好！

我是谁？卖个关子！有人称我为"村级文化建设的重要阵地"，也有人赞我为"党史学习教育的资源补给站"，还有一个头衔我最喜欢了，那就是——梦开始的地方。

我的官方名号叫作"农家书屋"，是汇聚起城市文明前行的"软实力"，而在潜移默化中，更是成为乡村振兴的"硬支撑"。随着社会的发展和时代的进步，我和我的伙伴们应运而生。瞧，琳琅满目的各种书籍整齐摆放，简洁明了的借阅系统令人愉悦。书屋里的书目品类繁多，涵盖科普读物、财经读物、文学读物，就连报纸、期刊也有几十种，它们孜孜不倦地追随着旭日东升，更新着日期和版面。

屋里有几排椅子，几个老人戴着老花镜安静地坐在那儿，眯着眼睛津津有味地翻阅着书，这认真劲儿就如同班级里的学习委员哩！孩子们也小心翼翼地捧着心爱的画本，不得不说，此时的小家伙们可比玩游戏时可爱得多！咦？那个中学生在读什么书，那么入迷，甚至连妈妈的呼唤声也置之不理？哦，原来是《中国共产党简史》！

果然，红色是青春的底色！小小书屋，承载大梦，人们在"悦"

读中补足精神之"钙"。书中自有强国路！中国人正是因不忘读书悟理的教育之本，铭记传承文化的历史使命，才得以成就一代代华夏儿女的中国梦。

正所谓"一方水土养育一方人，一方文化滋养一座城"。乡亲们从我这个"精神加油站"汲取迎接挑战的智慧和力量，感受文化泽城的裨益与改变。我不由心生感叹，家乡的日益美好和宜居——家庭更加团结、邻里更加和睦、村庄更加和谐。

我是农家书屋，亦是家乡创城建设者们谱写的一个小小音符。我骄傲地徜徉在文明乡风的协奏曲之中……

我——愿意托起你的梦！民族的梦！国家的梦！

○ 学　　校：河北省大厂回族自治县祁各庄镇祁各庄中心学校
○ 书　　屋：河北省大厂回族自治县夏垫镇南王庄村农家书屋
○ 指导教师：张冬梅

梦想从这里启航

要雅心

　　我从小生活在农村，暮归的老牛是我的同伴，缤纷的云彩是我的朋友，芳郁的野花是我童年的乐趣。我就这样调皮而快乐地成长，直到遇到了它——农家书屋，我的梦想从这里启航。

　　那是一个暑假，我和几个小伙伴偶然听说村里建了农家书屋，好奇的我们迫不及待地想要一探究竟。宽敞明亮的阅览室，一排排整齐的书架，琳琅满目的书籍摆放得整整齐齐，淡淡的书香溢满整个房间，我们被这优美的环境深深吸引，慢慢安静下来，静静地读着自己喜欢的书。也是从那一刻开始，我爱上了读书。读书渐渐改变着我、丰富着我。在书中我汲取营养，在书中我遇见最好的自己。

　　自从有了书屋，人们没事儿就来读书，我也不例外。你瞧！有年过古稀的老人，有背着书包的学生，有手拿笔记本的叔叔阿姨，他们在细细地挑选着……我拿起了《红岩》这本书，刚开始读的时候感觉有点儿难懂，可是越读越着迷，心被书中的情节所牵动。许云峰的英勇斗敌，舍己为人；成岗的临危不惧，视死如归；江雪琴的不屈不挠，坚强意志……都让我心生敬佩。面对艰苦的牢狱生活，他们不消沉；面对严酷的刑罚，他们不屈服；面对金钱地位的引诱，他们不动心。是什么力量使革命先烈经受住了人间最残酷的折磨？后来我知道了，是党、是国家、是人民的利益，是对共产主义事业无比坚定的信仰。他们用不屈的行动表现出了革命者应有的气节和尊严；他们用一腔热血，染红了共和国的旗帜；他们用自己的身躯，托起了黎明前那轮崭新的太阳。这是何等的豁达！这是何等的豪迈！我不禁感叹，热泪盈眶。

怀着对革命先烈的敬佩之情，我先后在农家书屋看了许多革命题材的书。我心里五味杂陈，我才知道我们这些生在红旗下、长在新中国的青少年是多么幸运，今天我们的幸福生活来之不易，我们更应该珍惜眼前的每时每刻。作为一名少先队员，我要时刻铭记历史，学习党史，了解党的过去，努力学习，将自己的成才同祖国命运紧密联系起来，立爱国之志，成报国之才，刻苦攻读，增长才干，为祖国社会主义建设打下坚实的基础。我想这都是书屋带给我的感悟。

书屋的灯光点亮了山村的夜，让山村的夜不再黑暗。我置身于书屋，闻着书籍的清香，徜徉在知识的海洋里，梦想从这里启航。感谢你，我的农家书屋，我的梦成长的地方。

○ 学　　校：山西省清徐县孟封镇杨房学校
○ 书　　屋：山西省清徐县孟封镇杨房村农家书屋
○ 指导教师：蔡瑞芳

云 帆

蒋浩严

在我小的时候，爸爸妈妈就带我听收音机吟诵《三字经》《弟子规》《唐诗三百首》。每天晚上我都缠着妈妈给我讲一个小故事，妈妈总是不厌其烦地讲给我听，我听得很认真。从小有了爸爸妈妈对我的熏陶，我爱上了读书。

邻居家小朋友的画报，门卫大爷的报纸，同学的课外书都像甜甜的糖块，馋得我直流口水。我再也不满足于声音的传递，渴望读书的心像野草在不停地蔓延……

突然有一天，爸爸兴冲冲地接我放学，告诉我村里建起了农家书屋，我们不用坐很远的车进城去看书了。哇！我变成小拖拉机嗒嗒地跑到村委会。好多小朋友、大人也都闻讯赶来，叽叽喳喳地围了一大圈。妇女主任公布了书屋的借阅规则，让大家都遵守，一起爱护我们的书屋。我立刻排好队，郑重而又小心地走进书屋的门。一排排木头书架上摆满了各式各样的书，散发着浓郁的书香，沁人心脾，吸引着我拿起这本，放不下那本。怎么有这么多好书啊，哪一本都让我爱不释手。

我高兴地选了一本，坐在椅子上津津有味地看起来。和我一起看书的，有戴花镜的爷爷奶奶，有种地的叔叔阿姨，有上初中的哥哥姐姐，还有和我一样的"红领巾"。他们有的趴在桌子上，有的坐在椅子上，有的靠在书架旁，大家都沉浸在书的世界里，只能听到书页翻动的"沙沙"声。

我成了农家书屋的"书虫"，全然不顾风儿吹来花香引我去扑蝴蝶，青蛙跳进池塘逗我去游泳，知了爬到树梢叫我去乘凉。我每天都沉浸在书海里无法自拔。

"海内存知己，天涯若比邻"让我懂得了王勃对故人的思念；"壮志饥餐胡虏肉，笑谈渴饮匈奴血"让我赞赏岳飞的豪情壮志和精忠报国的精神；"但使龙城飞将在，不教胡马度阴山"让我敬佩王昌龄的爱国之情。

然而，我最喜欢的还是那本《红色经典故事集》。那里面有许许多多抗日战争和革命战争时期的英雄，我最钦佩的非小英雄雨来莫属。雨来和我一般大的年纪时，本应该享受无忧无虑的幸福童年，却在面对鬼子的毒打时，像一株小杨树一样，挺直了瘦弱的脊梁，愣是不肯说出交通员李大叔的下落；在面对阴险残忍的敌人时，他机智地躲到了水下，直到鬼子离开才探出水面。他的勇敢无畏，他的聪明机敏，都使我深深地钦佩。虽然现在是和平年代，但雨来永远是我学习的好榜样。除了雨来，还有很多英雄人物和事迹让我感动，像董存瑞，舍身炸碉堡；刘胡兰，宁愿牺牲生命也绝不投降；黄继光，用自己的身躯挡住敌人的枪眼，为后续部队留下一条道路；还有把鬼子引进埋伏圈的王二小，冒着生命危险把鸡毛信送给八路军的海娃……英

雄们啊，没有你们舍己为人的大无畏精神，哪会有我们今天美好的生活啊！

农家书屋是我们老百姓的大学校园，农家书屋是我们农村人的希望田野，农家书屋是我们新时代少年济沧海的云帆。

今年正值党的100岁生日，悠长的历史、丰富的知识是党送给我们的礼物，我也愿意在此许下青春的誓言——努力学习，提高自己，不辜负祖国母亲对我们的关怀和期待！

浙江／吴安臣 绘

○学　　校：辽宁省海城市北关小学
○书　　屋：辽宁省海城市析木镇红土岭村农家书屋
○指导教师：张海荣

方寸之地　梦想启航

张笑一

古人云："读书破万卷，下笔如有神""读万卷书，行万里路""读书百遍，其义自见"。古人都懂得读书的道理，可到了我这里，就是不管用。

我的家坐落在黑龙江边，妈妈说江的对岸就是俄罗斯。我所在的地方大家都叫它边境村，村子不大，人口不多，大家闲暇时的娱乐活动也不多。

村委会办公室旁边有个屋子，是村里的农家书屋，书屋有20多平方米大，屋里摆着四个书柜，柜子里的书种类很多，是村里人农闲时的好去处。一直以来，父母总是教育我要多读书，多去书屋看看。可是，我想，读书有什么好，整天坐在椅子上一动不动，会被人叫书呆子，还不如出去和泥巴好玩儿呢！

直到那天，一个晴朗的日子，我正在滚铁环，无意间听到了两个小孩儿的对话："书屋来了新的图书，我看了《不一样的卡梅拉》，有一只叫卡梅拉的小鸡，它不想整天下蛋、下蛋，于是离家出走，去看看外面的世界，结果它碰到了坏老鼠、大魔兽，还出海遇到了航海家麦哲伦……"我不自觉地被他们的对话吸引，跟着他们走了很远。

看到他们渐渐远去的身影，我还在回味他们讲的故事，担心小鸡卡梅拉是不是平安回家了。好奇心驱使我走进了农家书屋。

我的目光被一排排的新书吸引着。遗憾的是，我没有找到想看的卡梅拉，于是我挑选了一本《西游记》看了起来。这不看不知道，我很快就被精彩的情节吸引了进去，浸润在浓浓的书香里。我觉得我变成了孙悟空，保护师父西天取经，一路上斩妖除魔，牛魔王、白骨精、金角大王、银角大王都被我打得落花流水，拜倒在我的脚下。我不自觉地哈哈大笑起来，引得左右的人向我投来异样的目光，我马上低下头去。转眼太阳就要落山了，可我还没有读完。想着没有告诉家里人，父母会担心，我才依依不舍地离开了书屋。从此我成了书屋的常客，在这里我读了《列那狐的故事》《太空小百科》《长袜子皮皮》《小熊维尼》，等等。

长时间的阅读让我积累了很多知识，也让我获得了去县城参加知识竞赛的机会。比赛场上高手如云、竞争激烈，我也不甘示弱，凭着自己的努力获得了二等奖，奖品是一张证书和一张200元的书卡。我用书卡在城里的新华书店购买了图书，捐给了农家书屋，我想尽我的一点儿微薄之力，同村里的孩子分享汲取知识的快乐。

今年是中国共产党成立100周年，书屋举办了"传承红色基因，读书感谢党恩"主题演讲活动，我作为活动的小主持人，成为人们眼里的亮点。

村里的农家书屋也进行了整修，购置了新的书架和桌椅，补充了许多新书，还增添了电子阅读器，而且它现在有个响亮的名字——北疆学堂。

再有一年我就要去城里读书了，但我永远忘不了那方寸之地，那一缕缕浓浓的书香。

河南／刘嘉宁 绘

○ 学　　校: 黑龙江省塔河县第二小学校
○ 指导教师: 许　放、许　颖

农家书屋，我读书追梦的新天地

徐子航

　　离家不远的农家书屋，是我假期里的乐园，是我汲取知识的乐土，更是我流连忘返、读书追梦的新天地。这里有安静舒适的阅览室，给潜心求知的心灵以成长的沃土；这里有布置井然的研讨区，为不断迸发读书感悟的灵魂提供思想碰撞的舞台；这里有成千上万的藏书，汇集成知识的海洋，孕育着学习成长的希望……

　　习近平爷爷曾说："读书可以让人保持思想活力，让人得到智慧启发，让人滋养浩然之气。"我打小就是喜欢阅读的"书虫"，爸妈经常带我去图书馆，也给我买了好多书。前段时间，他们又带我去"打卡"自家附近装修一新的农家书屋。在志愿者姐姐的指引下，我饶有兴致地参观起来。农家书屋虽然空间不算大，但功能非常齐全，布局也很新潮，一些设备还十分先进。阅览室窗明几净，展柜里文创产品摆放得井然有序，书架上的书籍琳琅满目，观影区温馨惬意，电子阅览区电脑整齐摆放，还有喜马拉雅朗读厅、扫码阅读机、电子自动借阅机等，让我大开眼界！找一个亮堂、舒适的座位，取来心爱的书，宛若得水之鱼一般，我潜入文字的瀚海之中，不觉光阴飞逝，夕阳斜照桌边。

今年是中国共产党成立100周年，学习党的光辉历史、学习英雄模范、学习时代先锋是老师布置的暑假作业，于是这个假期我便心心念念那农家书屋。来到别具一格的红色阅读专区，只见"我心向党 书映百年"大字下，摆放着各类党史学习书籍。中国共产党的历史是何等波澜壮阔，是何等艰苦卓绝，我不禁感慨万分，思绪悄然降临在一页又一页的文字之中。

我感叹，前赴后继的仁人志士们如雨后春笋，义无反顾地站出来，以洪荒之力点亮真理的强光。《小兵张嘎》中，嘎子哥足智多谋、临危不惧的形象跃然纸上；《红岩》中，江姐大义凛然、宁死不屈的精神叫人肃然起敬；《朝花夕拾》中，鲁迅一针见血、入木三分的文笔分外动人心弦……当今的国泰民安，难道不是这样的革命者，用数十年的青春热血和一往无前的无畏气概所换来的吗？

我追忆，在中国共产党的有力号召与正确领导下，社会各界不计其数的、碧血丹心、知识渊博的仁人志士脱颖而出。淡泊名利的邓稼先，锲而不舍为国铸盾；钢筋铁骨的王进喜，不惧艰险誓夺油田；一心为民的袁隆平，潜心钻研造福人类……他们是万里长城最坚固的城砖，为了国家的繁荣富强，为了人民的安居乐业鞠躬尽瘁，他们是真正的英雄！

我感慨，聚焦这日新月异的新时代，在抗击新冠肺炎疫情的重重困难中，中国医生大爱仁心、处变不惊，身先士卒、挺身而出，勇当"逆行者"，同死神赛跑，用自己的血肉之躯，创造出一个又一个震惊世界的奇迹；此外，更有中国工匠技艺精湛、勇攀高峰，以"中国

精神"推出"中国智造""中国品牌";中国警察明察秋毫、运筹帷幄，扫清黑恶势力，还社会以安宁……

"数风流人物，还看今朝。"当今国家的全面小康，离不开中国共产党人长达百年、水滴石穿的奋斗——没有共产党，就没有新中国。我伏案深思，目光就这样久久锁定在手中的书页上，而心中却早已有了答案……

"胸藏文墨怀若谷，腹有诗书气自华。"农家书屋，让阅读变成一件近在咫尺的事。农家书屋变成了我温暖的新家。与书相伴，幸福成长。请党放心，强国有我！我必将以梦为马，不负韶华，做新时代的好少年，长大后为建设国家贡献智慧和力量！

○ 学　　校: 江苏省无锡市经开区金桥双语实验学校
○ 指导教师: 吕　智

农家书屋　助我成长

张家铭

　　去年年初和今年暑假，我协助我小外公（外公的弟弟）打理村里的农家书屋。回想起在书屋里的点点滴滴，我才真正体会到书屋对我成长的作用太大了。

　　我外公家住在毛主席写信嘉许过的指前镇庄阳村。小外公从镇机关退休后又去管理村农家书屋，不觉已有四年了。你还别小瞧这个农家书屋，藏书5000多册，有农民种植、致富方面的书，有文艺、历史、科技、军事等方面的书，也有许多我们爱看的少儿读物；书屋的另一间还有六台电脑，里面有许多电子阅读材料。每天小外公都会按时开门，方便村民和小朋友来看书。以前我小，也跟着外公去过几次农家书屋。外公喜爱看水产养殖类的书，每年的螃蟹养殖都胜过村上其他养殖户，外公说那是因为他从书本上学到许多知识，书本中有致富经。村民们有时还向外公讨教有关养殖的诀窍。

　　去年春节期间，突如其来的新冠肺炎疫情改变了一切。我们这里也封小区、封村，开始做好疫情防控工作。爸爸是消防员，妈妈是护士，他们因工作原因不能天天回家，我只能在外公家开始了一个超长的寒假。

读四年级的我，宅家上网课，看看书。时间久了，我便和许多孩子一样觉得特别无聊。长时间宅在家中，家里的图书都被我翻烂了。爸爸"全副武装"去书店购书，但书店停业了；妈妈想在网上淘书，可物流还没有恢复。这可愁坏了我们全家，更急坏了我这只"小书虫"。好在村委会与上级沟通后，决定有条件开放农家书屋。每月三、六、九日下午三时，村民和学生可凭有效证件到书屋借三本书，十天内归还。小外公说，刚开始还有些繁忙，要有个小帮手就好了。

"外公，我长大了，也能做些事情了，以后我协助你好了。"我对小外公说。小外公想了想，说："那你过两天就来试一试吧。" 小外公算是同意了。

第一次在农家书屋做服务工作，我好兴奋，刚吃过饭就跑到小外公家，要他讲些"工作"要求。门外维持秩序、查看健康码、测量体温，这些由小外公负责，农家书屋内部任务由我负责：提醒大家佩戴好口罩，控制每人借书时间不超过十分钟，注明还书时间，登记好书名。来借书的人很多，看来大家的阅读兴致还挺高的。一小时的借阅工作结束后，我便开始跟着小外公整理图书，归还的图书要尽可能放回原处。小外公看我像无头苍蝇一样在书屋里穿梭，便告诉了我放还的窍门：每本图书都有编号，按第一个字母就能找到在哪一档，这样图书类别就不会乱了。我仔细看了看架子上的书，科学书的编号的第一个字母是一样的，少儿读物的编号的第一个字母也是一样的。这样，20多本书很快被我放回了相应的地方。

"铭铭，你也借几本书回家看吧。""好哪！"于是我在书架上找了三本书——《红岩》《海迪姐姐的故事》《上下五千年》，并在借书登记册上做好登记。锁好门窗，回家前，我请小外公给我今天的"工作"做个评价。小外公竖起大拇指说："很好，没想到铭铭还是挺能干的！"我脸上乐开了花。在我的请求下，小外公答应我以后继续做他的农家书屋小助手。就这样，我做了近两个月的小助手。暑假里，农家书屋正常开放，我下乡也常去书屋，协助小外公做好纪律管理、图书整理工作。还有大学生、老师分别来书屋指导阅读写作，给学生做讲座，让孩子特别是留守儿童爱上读书。我也听过一次，是诗词欣赏方面的内容，老师抑扬顿挫的吟诵、通俗的讲解，让我回味无穷。我的假期过得还真有意义。

今年暑假，疫情防控形势一度很严峻。但只要我在乡下，我就常去书屋。这一年多的经历，让我深深地爱上了这个农家书屋。农家书屋让我爱上了读书，帮助我认识世界、了解历史，明白了许多道理；农家书屋让我学到了许多知识，我的能力在不知不觉中提高了。

爸爸说，在农家书屋服务的经历，让我学会了担当，学会了奉献，这些是金钱买不到的。听到这些，我心里美滋滋的，也不觉得自己辛苦了。

不久前，村校外辅导站被评上区优秀辅导站。村委会决定奖励我一套崭新的少儿读物，以表彰我近年来对农家书屋的贡献。我很高兴。经和爸爸商议，这套20本的少儿读物，等我阅读过了，就捐赠给村里的书屋，让更多的孩子能看到好书。

书屋让我爱上了读书，帮助了我成长。我也非常乐于服务书屋。

奉献、责任，使我成熟、让我成长。我暗暗下定决心，以后我还要为村里的农家书屋做些事，为村上的孩子做些辅导，给他们也插上理想的翅膀。

广西／李欣灿 绘

○ 学　　校：江苏省常州市金坛区城西小学
○ 书　　屋：江苏省常州市金坛区西城街道方边村农家书屋
○ 指导教师：徐锅洪

我的"秘密基地"

周紫慧

"我们也有自己的农家书屋了。"爸爸的脸上笑开了花。我好奇地问:"农家书屋?农家书屋是什么呀?"爸爸神秘地说:"那是开阔眼界、增长知识的地方,是我们村民的图书馆呀!你应该去看看。"

那是什么样的图书馆呢?第二天,我走进了书屋。书屋里的书可真多,文学类、艺术类、科技类、教育类……真齐全啊!环顾四周,一位小学生正津津有味地看着《西游记》的绘本;两位伯伯翻着《农村饲养大全》,好像在争论着什么;跳广场舞的大妈也来了;咦,一位白发苍苍的老爷爷也在看书……这么多人,还这么安静。我小心翼翼地找到一本《红军长征记》。书里的内容让我大为震撼:四渡赤水、巧渡金沙江、强渡大渡河、爬雪山、过草地……我仿佛回到长征途中,回到战争年代,我看到了无数赤诚之心,看到了果敢担当,看到了信念、毅力……

暑去寒来,书屋里的书换了一批又一批。在这里,我熟悉了鲁迅,认识了雨果,知道了马克思、恩格斯。我更加热衷于读中国的历史。每读中国的古代史,我为五千年的中华文明所折服;读中国的近代史,我深知旧中国的屈辱与苦难,唏嘘不已;读时事杂志,我了解

了祖国的飞速发展和伟大成就，由衷地感到自豪！我掩卷沉思：去年，在党中央的坚强领导下，全国人民众志成城，迅速将国内疫情控制下来，打赢了这场疫情防控阻击战。反观欧美国家，病毒肆虐，哪有安全感？哪有幸福感？我真庆幸，我生在社会主义中国，生在这个伟大的时代！是啊，没有共产党，就没有新中国！没有社会主义，就没有我们现在的美好生活！

　　书屋成了我魂牵梦萦的地方，书屋成了我读书的"秘密基地"，伴我度过一个又一个春夏秋冬。书屋不仅给了我知识，还给了我人生的信念。我下定决心：好好学习文化科学知识，做好共产主义接班人，为中华民族伟大复兴而努力奋斗！

○ 学　　校：安徽省濉溪县刘桥中心学校
○ 书　　屋：安徽省濉溪县刘桥镇周大庄村农家书屋
○ 指导教师：郭　侠

树叶飞舞之处，火亦生生不息

张一可

踏上一段曲折的鹅卵石路，穿过一片幽深的竹林，映入眼帘的是一条流水潺潺、清澈见底的小溪。在小溪边，依偎着一座小屋，一股浓郁的书香味儿扑面而来，那座小屋便是我们村的农家书屋。

书屋是我最好的朋友，每当节假日，我都会来到这里畅读，既增长了知识，又开阔了视野。

今年是党的百年华诞，我打开书架上一本本红色主题图书，沉浸其中，仿佛置身于历史的长河中，沐浴着党百年的风风雨雨……

你快看！那团昏暗的迷雾中是不是闪烁着红色火苗？

你快听！那远处的东方是不是飘荡着雄狮的闷哼？

小小红船从嘉兴南湖的烟雨中启航，缓缓驶入历史的洪流。数十位心怀抱负的年轻人点燃了照亮中华大地的火把。这是沉睡已久的东方雄狮睁开的双眸，这是在昏暗的旧中国攀升起的太阳，这是用中华民族五千年历史孕育出的、带领华夏子孙站起来的星星之火。这，就是中国共产党！这，就是人民心中的指路明灯！霎时间，火苗以不可阻挡之势燃烧，驱散迷雾。迷雾退去了，雄狮也苏醒了，嘶吼声随即冲破云霄。

　　当中华民族在侵略者的蹂躏下到了存亡关头，是中国共产党用热血抵挡敌人的铁骑，带领华夏子孙擡起反抗的铁拳，是无数革命先烈用生命筑起了"长城"，助推"中国号"轮船一路劈波斩浪，傲立潮头，突破重重难关，取得一个又一个来之不易的胜利，迎来了天安门广场那"中国人民从此站起来了！"的庄严宣告。

　　胸怀千秋伟业，恰是百年风华。在这百年中，中国共产党领导中国人民创造了一个又一个伟大壮举。1964年，中国第一颗原子弹爆炸成功；1967年，中国第一颗氢弹爆炸成功；1970年，"东方红一号"升入太空；1973年，第一株籼型杂交水稻培育成功；2003年，中国第一艘载人飞船发射成功；还有"嫦娥""玉兔""悟空"和"墨子"等一系列国之重器相继问世……

　　树叶飞舞之处，火亦生生不息。如今，党的火炬已经传递到我们手中。作为朝气蓬勃的新生代，我们不能辜负党的期望，我们要肩负起建设祖国的重要使命，实现伟大复兴，让中华民族拥有更美好、更辉煌的明天！

○ 学　　　校：安徽省广德市邱村镇中心小学
○ 书　　　屋：安徽省广德市邱村镇谈里村农家书屋
○ 指导教师：王　敏

江西／曹丽冰 绘

游"轻骑兵"书屋有感

韦一忻

　　"不忘初心，牢记使命"这八个红色大字刻在霞浦县松山街道长沙村的农家书屋里。

　　去年暮夏，我与家人来到松山长沙村这个名叫"轻骑兵"的农家书屋。暮夏时节，并不如仲夏般炽燥，也比不上正秋般凉爽。可这书屋里赤色的暖暖的灯光，却让人心旷神怡，悠闲自在。我小心地走在书屋米黄的地板上，手指掠过书脊，在这用砖头堆砌成的书架上找到了一本讲党史故事的书。

　　在这"红色书屋"里，在这暖暖的红灯下，我好像坠入了书中描绘的那时而激昂时而悲伤的故事：我仿佛是"五四运动"中那些举着旗帜在街上游行的学生中的一员，热血燃烧我的胸膛，我们大声喊着"外争主权，内除国贼！拒签巴黎和约"。那天，我们的队伍在东交民巷使馆区抗议受阻后，转奔曹汝霖住宅，痛打卖国官僚章宗祥，火烧曹宅。镜头一转，1921年7月23日，中国共产党第一次全国代表大会在上海召开，由于会议进行中有密探闯入，会议被迫临时中断，随后，部分代表转移到嘉兴南湖一艘游船上，进行了最后的会议决议。此时，我仿佛成了那艘船，静静聆听这些伟人们的谈话，见证了这次具有划时代意义的会议。多年后，我仿佛是开国大典上游行队伍中的一员，我高兴地欢呼着——新中国成立了！中华人民共和国——这是一个人民当家做主的国家，人民自由、幸福！

我合上了书，静静地坐在椅子上。我想着，今天的祖国如此繁荣富强，我热爱这个久经沧桑却美丽富饶的国家。我的心，紧紧贴在这片土地上。

回望过去，我时而心酸时而愉悦；凝望现在，我感叹祖国之伟大；看向未来，我感到一片光明！

我们这些少年一定要好好读书，好好学习，努力成为新时代的好少年，成为祖国未来的栋梁。通往未来的大门为我们敞开，我们定不辜负。

○ 学　　校: 福建省霞浦县第三小学
○ 书　　屋: 福建省霞浦县松山街道长沙村农家书屋
○ 指导教师: 谢巧惠

书屋里的红色之旅

王 戬

星期天，天气晴朗，万里无云，一望无垠的天空像一块蓝色的幕布。趁着好天气，我和小伙伴们相约一起出去玩。

在路过小广场的时候，"铜矿书屋"四个大字映入我眼帘，我不禁念叨了起来："哇，原来铜矿书屋在这儿啊，昨天我老妈还说要带我来新开的铜矿书屋看书呢。""听说书屋里有很多书，要不我们进去看看？里面肯定有很多我们喜欢的书！"一个小伙伴说道。一句话马上勾起了大家的兴趣，大家都迫不及待地跑进书屋。

一进书屋，浓浓的书香扑鼻而来。正对书屋大门的是两块红木牌匾，牌匾上分别镌刻着"读万卷书"和"行万里路"。书屋环境清静幽雅，书柜里的书琳琅满目，种类繁多。明亮的灯光下，许多人在安静地品阅知识的香甜。正当我漫无目的地在群书中掠过时，一本名为《红岩上红梅开》的书吸引了我的目光，这一定是一本和红色历史有关的书，因为妈妈经常会和我讲英雄的故事和红色的历史。今年是建党100周年，我也正想借此机会好好学习一下党史呢，于是我找了张椅子坐下，开始阅读起来。渐渐地，我被这本书深深地吸引了。这本书讲述了许多可歌可泣的革命先烈的事迹：如赵一曼、吉鸿昌、董存瑞等。在这些令人尊敬的英雄人物里，我最敬佩的是董存瑞。董存瑞出身于贫苦农民家庭。抗日战争时期，他当过儿童团团长，曾机智地掩护区委书记躲过侵华日军的追捕，被誉为"抗日小英雄"。1948年5月，在解放隆化城的战斗中，他毅然抱起炸药包，冲向敌人的暗堡。在部队攻击受阻的危急关头，他毫不犹豫地用左手托起炸药包，顶在桥型暗堡的桥底，右手拉燃导火索，高喊："为了新中国，冲啊！"敌人的暗堡被炸毁，董存瑞用自己的生命为部队开辟了前进的道路，他牺牲时年仅19岁。

"为了新中国，冲啊！"这七个字气壮山河，一直在我耳边回荡，震撼着我的心灵。正是许许多多像董存瑞这样的革命先烈，抛头颅，洒热血，才有了我们的新中国，才换来了我们现在美好幸福的生活，才有了中华民族的伟大复兴。

少年强则国强。我们青少年是祖国的未来，是理想之光，将会照亮复兴之路。百年前，李大钊在《青春》中写道："以青春之我，创建青春之家庭，青春之国家，青春之民族，青春之人类，青春之地球，青春之宇宙。"新的学期开始了，作为小学生的我们，要脚踏实地，努力学习文化知识，要心存善良，关心帮助他人。无论身处何种逆境，我们都要树立正确的人生观，明确奋斗目标，发愤图强，共同奔向美好的未来。

通过阅读红色书籍，我明白了，一个人的一股力量是微弱的，但是一股一股的力量拧在一起，便能迸发无穷的力量，定能撬动巍峨群山，踏平万丈深渊。

　　小伙伴们，行动起来吧，让我们用知识武装自己，只有青少年强大起来，才能实现中华民族的伟大复兴。让我们一起携手奋进，一起在伟大的新时代建功立业！

重庆／林欣悦　绘

○ 学　　校: 江西省德兴市铜矿中心小学
○ 指导教师: 陈冬华

中国航天　最美英雄

王梓墨

　　清晨的阳光透过窗户照耀在屋内，映射出一片灿烂与金黄。我们诸由观镇冶基村的农家书屋里格外温馨，里面坐满了正埋头读书的孩子。在阳光的沐浴下，他们是那么耀眼。我也沉浸于科技的海洋，感受着梦想的力量。

　　翻开手里的书，一张图片跃然纸上。那是一枚正腾空而起的火箭，尾部划出一道橙色的光芒。图片下面写着几行字：1970年，"东方红一号"卫星成功发射，标志着中国成为世界上第五个能独立自主发射人造卫星的国家。短短的几行字，凝聚了多少科技工作者的艰辛与探索，诠释了中国制造的自信与自强。中国人"飞天"的梦想，就此扬帆起航。

　　之后的30余年时间里，面对外国人的技术封锁，中国航天人自力更生，奋发图强，经历了一次又一次挫折，攻克了一个又一个难关，终于在2003年，迎来了辉煌的一刻。随着"神舟五号"飞船的升腾，中国第一位航天员杨利伟顺利遨游太空。飞船飞行时间虽然短短不到一天，但却在浩瀚太空第一次留下中国人的身影，在中国航天永不停步的历史篇章中写下新的一页。

我又细细浏览那一本本记录中国科技探索的书。一段文字映入眼帘：在中国航天人的不懈努力下，"嫦娥一号"于2007年10月24日18时05分成功发射，开始探月之旅。13年后，我们的"嫦娥五号"，不但在月球实现软着陆，更为我们打包带回了月球"土特产"——近两公斤重的月壤，让全世界的目光再次聚焦中国，让航天强国再次铸就辉煌。

我继续翻阅一册册精彩的书卷，又看到了更多让人激情澎湃的画面：有"神舟七号"航天员的第一次太空行走，有"神舟十号"神奇的太空授课……虽然航天员在更迭变换，但不变的是他们服装上那抹鲜红的中国国旗，一直明亮而又耀眼。

而今，我们中国的空间站已经屹立太空，"神舟十二号""神舟十三号"相继逐梦腾空。一代又一代的航天人，用青春和热血书写着飞天的传奇，带给我们对未来的美好憧憬。

此刻，我暗下决心，要向他们学习，向他们致敬。他们，是我心中最美的英雄！

○ 学　　校: 山东省龙口市实验小学
○ 指导教师: 姜　蕾

小书屋里听"传奇"

韩兴琳

在家看《猪猪侠》，还是去农家书屋听"板凳故事"？这真是个难题。猪猪侠穿越恐龙世界固然让我牵挂，退休教师陈爷爷讲"板凳故事"更让我心动。农家书屋的"板凳故事"可好玩儿了：一人讲，大家坐小板凳围着听，还可以插话、提问，大人、小孩儿都喜欢。村委门口海报已经贴了出来，今晚的故事叫《传奇英雄于得水》。

"传奇"二字，硬是把我从电视机前拽进了农家书屋。我刚坐下，陈爷爷就放下大茶缸，抑扬顿挫地念起了开场诗："胶东抗日烽烟起，烟台热土铸传奇。出生入死立奇功，人民英雄他姓于！"

大家齐声叫好。陈爷爷和蔼的面容却严肃起来："今天讲的可不是虚构故事，而是实实在在的历史，书上都记着呢！""啥？真人真事？还是咱烟台的？"不知谁在小声嘀咕，我不由得也支棱起耳朵。

我仿佛看到，少年于作海身负血仇，拜师学武；接触党组织，成为共产党员；抢占镇公所，空枪逼伪军缴械；夜袭"联庄会"，腹部中弹仍威慑群敌；依靠群众展开昆嵛山游击战，牵着敌人鼻子转圈圈……"300个伪军抓不住一个于作海！"陈爷爷激动地站起来，"他们白天擎红旗，夜晚举火把，像一股红色旋风，打土豪，斗匪军，护

百姓，分粮食。走到哪里，哪里一片欢腾！"

太痛快了！怦怦乱跳的心终于安稳，屋里也似乎明亮起来，显露出一张张兴奋的脸。我大着胆子站起来："您是不是讲错了，不是叫'于得水'吗？"

陈爷爷呵呵地笑了："你们猜猜看！"原来，1937年抗日武装起义誓师大会上，于作海宣布自己要改用新名字。他说："如果我是鱼，群众就是水。离开群众，我一天也不能活，更别说打胜仗了！"

"于得水"是这样来的啊！大家闹着陈爷爷："再讲，再讲！"陈爷爷却告诉我们，今晚的故事出自《胶东红色故事连环画》，书屋里就有三套，想看得预约。

我忽然不急着回家了。假侠客哪有真英雄厉害？比起虚幻的冒险，为国为民才是真正的传奇。拿到预约卡，我端端正正写下了"韩兴华"三个字。

是写错了吗？你猜！

○ 学　　校: 山东省烟台市蓬莱区大辛店小学
○ 指导教师: 丁荣欣

书屋逐梦

黄旭航

这里是我们梦想启航的地方，这是农家人的精神家园。它就是充满爱与梦想的庄罗村农家书屋。

书屋里明亮整洁，墙上写着"读书点亮心灵，书香润泽人生"，书柜里有各类书籍。农闲时节，村上的老人、中年人、小孩儿都来到书屋，每人拿起一本书，或站着，或坐在书桌旁，或倚在墙角，一个个沉浸在书的世界里，心情随文字一路铺陈，看累了，出门眺望天上的云朵，听蝉声鸟鸣……

清晨，太阳的光从东边云层缝隙里斜射出来，一道道金色的光芒把书屋装饰得特别美丽。村里的"老革命"黄爷爷是书屋管理员，他一早就打开了书屋的门。我们在书屋里读唐诗宋词，感悟诗人的情感。"天生我材必有用"写出了李白抱用世之才的一腔情怀；"感时花溅泪，恨别鸟惊心"写出了杜甫心系天下、忧国忧民的情怀；"醉里挑灯看剑，梦回吹角连营"写出了辛弃疾的满怀家国之情，壮志未酬的悲愤……

午饭后我们又匆匆奔赴农家书屋。儒勒·凡尔纳笔下的《格兰特船长的儿女》带领我们了解了许多地理知识和苏格兰民族的风俗习

惯。我和几个小伙伴根据书中的内容加上自己的想象，画了一张建造探险船的图纸。我们约好努力学习，长大了要走出乡村，乘坐探险船走遍世界，感受整个世界的美好。

晚上我们品读革命英雄的故事。杨靖宇、小萝卜头、董存瑞、黄继光、杨根思……他们牺牲了自己宝贵的生命，换来了我们今天的幸福生活。黄爷爷给我们讲红船故事，讲抗日战争，讲抗美援朝……听着黄爷爷的讲述，我们仿佛看到了革命先辈为民族独立而战的场景。我们一定要努力学习，用知识缝制铠甲，让未来的中国更强大，巍然屹立在世界东方。

小小的农家书屋是一束光，照亮了农村少年儿童的内心。我相信，农村少年儿童读过的书，必定会变成腾飞的翅膀，助农村少年儿童学有所成，更好地建设祖国。

○ 学　　校: 河南省舞阳县第二实验小学
○ 书　　屋: 河南省舞阳县孟寨镇庄罗村农家书屋
○ 指导教师: 庄秋霞

福建／黄怡萱 绘

小小书屋故事多

王　曦

　　"二苕爷爷，到新书没有？"农家书屋外，文文脆甜脆甜的声音远远地传了过来。"没呢！你这小家伙，天天缠着我要新书，要听故事，作业做完了没有？哪有这么多新书？哪有这么多故事？等你长大出息了，给我这书屋捐点儿。"农家书屋管理员二苕爷爷刚要进屋，听到文文问话，又转身出来，脸上堆满了笑容。"得了，二苕爷爷，等我长大出息了，你这农家书屋的书我全包了，保证每个星期都有新书上架，行不？"文文蹦跳着跑了过来。"那敢情好，就怕你小子长大后不认账！""哪能呢？大丈夫说话一口吐沫一口钉！"听到这一老一小的一阵对答，小屋内外笑成一片，有人还不断打趣："嗬！好个大丈夫！娶媳妇没有？"满屋温馨。

　　这二苕爷爷是我们村的一个孤寡老人，据说读过几年书，年轻时很是风光了一段时间。不幸的是儿子没成年就夭折了，老伴在那以后再没生养，夫妻二人相濡以沫，倒也安然。去年老伴撒手人寰，就只剩下二苕爷爷一个人生活。他生性豪爽，很会为人，平生又多做善事，因此乡邻们都很敬重他。今年，他把自己的房子改建成了这个农家书屋，倒成了我们村休闲娱乐的场所。二苕爷爷根据大家的需求，给这些屋子分别命名为农家书屋、阅览室、棋牌室、品茶室等，大家一有时间就到这里喝喝茶，看看书，聊聊天儿，下下棋。作为主人，二苕爷爷自然就成了书屋管理员。

不仅大人们喜欢光顾这里，就连孩子们也总喜欢往这里跑。书屋里好多书是为孩子们准备的，二苕爷爷又喜欢讲故事，弄得孩子们有事没事都往这里凑。哪家孩子不见了，到这里来找准没错。

文文是个喜欢看书的孩子，人又勤快，一来就帮二苕爷爷打扫卫生，整理书屋，嘴又甜，把二苕爷爷哄得团团转。一天不见文文，二苕爷爷总得问个好几回。

这不，文文人还没进屋呢，这一老一少就黏糊上了。

"二苕爷爷，没有新书，你就给我讲讲张体学爷爷的故事吧！你上次还没讲完呢！"文文笑眯眯地央求道。

原来，二苕爷爷这个人喜欢看书，又到过很多地方，了解了很多名胜古迹，对于浠水县老一辈革命家的革命故事更是知之甚多，一讲起来，就滔滔不绝，不光孩子们喜欢听，大人们也爱听二苕爷爷谈古论今。

今天，文文一提，很多大人纷纷凑趣："二苕叔，你就讲讲吧！""二苕哥，讲讲吧！"于是，二苕爷爷咳嗽一声，就开讲了："想当年，张体学带兵在大别山一带打游击，在经过黄麻公路时，遭敌人截击，张体学所在独立营被阻，被迫返回皖西北，他的妻子林少南当时身怀六甲，被敌人围困。形势万分危急，幸亏张体学部下有一位悍将，名叫方大麻子，其实真实名字我也不知道，就知道别人都叫

他方大麻子，这人，身高膀大，力气足，打仗勇猛，他解下绑腿，把林少南绑在背上，凭着一杆枪，硬是从敌人的包围圈中将林少南救了出来。这林少南后来生了个儿子，还叫方大麻子方叔呢！这方大麻子对敌人心狠手黑，一口刀不知砍掉了敌人多少颗脑袋，但对老百姓，他心地善良，非常仁义。"

二苕爷爷给我们讲了很多故事，其实他自己的人生经历何尝不是个故事呢！二苕爷爷把自己一生的积蓄都拿出来，建成了这个农家书屋，帮助了乡邻，愉悦了自己。他助人为乐的故事要是用火车皮拉，能装好几车皮呢！更重要的是，他传递着爱心，传递着爱国热情，传递着中华民族精神生生不息的根脉。他的爱，温暖着整个书屋，温暖着整个村庄。

这间小小的书屋，演绎着成千上万个中华民族好故事。

○ 学　　　校：湖北省浠水县第三实验小学
○ 指导教师：段国民

吾村书屋　我心归处

李涵东

"东仔，今天我要去乡政府参加一个改选会，你帮我去村里的农家书屋客串一回图书管理员吧！"刚放下碗，我嘴角还没来得及抹，长顺叔就来找我了。"好哩！我正要去书屋退书哩！"我接过他递过来的钥匙，麻利地从里屋桌上拿过上个星期从书屋借的《红岩》，兴冲冲地往村部旁的农家书屋走去。

我远远地望见了那座独立的黑瓦白墙红窗棂的别致的小房子。别小看这小房子，它可是我们"家门口的图书馆"哩！红棕色的大门上，"农家书屋"的标牌，朴实中透着永恒的魅力。过年前贴的"政策惠农民生好，文化下乡幸福多"的对联依然红艳艳的，似乎在笑盈盈地迎接大家的到来。推开门，对面墙上"美在农家，乐在农家，富在农家，学在农家"的宣传标语赫然映入眼帘。靠墙立着的四排原木打造、清漆略施的书架上，立着无数散发着墨香的书报，亲切得像一位位等待你造访的朋友。屋子中央，几条长桌椅整齐地摆放着。"斯是陋室，惟吾德馨……"我一面低吟着刘禹锡的《陋室铭》，一面细细地用抹布擦着书架与桌椅。

我们看到盼头——这里是富含灵魂之钙的地方。

不多一会儿，读三年级的果果妹妹和读初一的家宗哥哥也来了。现在，我们时常在这里碰头。而以前我们爱去的地方是村口那棵大香樟树下。尤其是快过年的时候，我们眼巴巴地望着，盼着爸妈能风尘仆仆地出现在村口。泪水打湿枕头的次数就更数不清了。不过现在好了，这两年的课余时光我们都是相约在这里度过的，我们已经到50多位"高尚的人"家里"串过门"了。寒、暑假，因为新冠肺炎疫情的发生，我们没能和父母团聚，这里更成了我们消除思念之苦的乐园。与爸妈手机视频时，我将期末"优秀学生"的奖状展示给他们，他们都笑得合不拢嘴："仔仔怎么这么棒了？"我神秘地告诉他们："我找到了一个富含灵魂之钙的地方……"

刘伯看出甜头——这里是发家致富的源头。

十点半，刘伯来了，瞧他小腿肚上，还沾着几片狭长的青草叶子哩！"刘伯，你是从鱼塘直接过来的吧？"我接过他递给我的书——《实用养鱼1000问》，笑道，"怎么了？舍得退啦？"可能是刘伯觉得退过来的书有点儿旧了，他憨憨地笑着说："呵呵，前两年养鱼不是赔了吗？这两年我就一直是照着书上写的去养的。这不，书都快被我翻烂了。"正在看《昆虫记》的果妹凑过来，开玩笑地说："刘伯，你这叫现学现卖，活学活用！"我们都被逗乐了。刘伯又从书架上拿了一本新书。我认真地在借阅登记本上写上"生猪养殖"四个字。刘伯拿上书乐滋滋地走了。透过书屋的窗户，我们可以望见刘伯家快竣工的两层小别墅。别墅大门上镶嵌着的瓷砖上赫然印有四个大字——耕读传家。

不知什么时候，农家书屋已座无虚席。阳光透过玻璃窗照进来，绿水青山掩映着这间农家书屋。我看在眼里，乐在心头，不禁低吟起书屋门口的那副对联：政策惠农民生好，文化下乡幸福多！

甘肃／贾永和 绘

○ 学　　校：湖南省隆回县东方红小学
○ 书　　屋：湖南省武冈市水西门街道马鞍村农家书屋
○ 指导教师：戴小飞

梦想书屋

黄飞同

　　村里的书屋不算大，是由一栋老房子改造而成的，两侧的木雕窗棂散发着古意，并排摆放的木质书柜散发着松木香，分类摆放的藏书悄然散发着书香，令人陶醉。

　　这个书屋既惬意，又有烟火气。角落矮矮的茶几上，摆放着煮茶的炉子，煮着悠悠的苦苦的茶，供深潜书海、口渴难耐又不忍弃书而去的读者解渴。这是我喜欢书屋的原因，它就像我们的贴心老师。

　　我是书屋的常客，每天完成作业后，喜欢散步到这里看会儿书，经常还没进门就见到很多村里的老熟人。

　　爸爸深有感触地说："在这间农家书屋建成以前，村民们都喜欢去麻将室搓麻将；如今，'泡'农家书屋成为新风尚啦。"

　　"这是好事还是坏事？"我抬头问爸爸。

　　"当然是好事。农家书屋俨然成了咱们农村的文化阵地，'精神粮仓'。"

　　迫不及待要扎进书堆的我发现好朋友磊磊正坐在书屋的一角，如饥似渴地遨游书海。我走过去小声地问他："你在看什么书呢？可以一起看吗？"看着我诚挚的目光，他递给我《梦想启航——中国共产党创立的故事》，与我并排坐在一起，高兴地阅读起来，我们很快便沉浸在那段红色历史当中。在激情澎湃的叙事中，中国人民苦苦探索救亡图强、复兴中华之路的这段历史强烈地冲击着我，感染着我。看着看着，我早已思绪万千，热泪盈眶。我虽年纪尚小，但从中国共产党的初心和使命中汲取了强大的精神力量，更深深地明白了什么是家国情怀。

夜已深，还没来得及看完书的我们不忍离去。管理书屋的姐姐似乎看出了我们的心思，走过来小声说道："同同，书你们可以拿回去，扫码登记一下就好啦！"我和磊磊兴奋不已，连忙让爸爸掏出手机办理借书卡。姐姐又告诉我们："周末我们还会组织'七彩阅读——我的书屋·我的梦'读书活动，欢迎你和磊磊来参加。"我们听后，高兴地点点头。

离开的时候，翻书声、水煮沸的声音、开门关门声，依旧此起彼伏，别有一番风味。

回家的路上，我和爸爸说："一间书屋开辟一个好去处，一本好书播撒一颗好种子，这间小小的书屋点亮了我的梦。"

○ 学　　校: 广东省东莞市南城阳光第一小学
○ 指导教师: 梁群枫、李鹤龄

"文化粮仓"助梦启航

黄麒橙

"李大伯，你家李波养的牛蛙今年真好卖，发财啦！发财啦！"

"是呀，李波变了，现在不赌博了，一有空就到农家书屋看书。你看看，有了书屋后，咱们村大人小孩儿的精神面貌改变可大啦……"

我们村的农家书屋坐落在村子中央村委会旁。走进书屋，扑面而来的是浓郁的书香。2000多册图书整齐地摆放在几个大书柜里，有农业科技、农产品加工、文化教育、法律法规、少儿、医疗保健、种植养殖等方面的内容。书屋宽敞明亮，简洁素雅。自从村里有了农家书屋，无论大人还是小孩儿，都喜欢来这儿读书，他们专心致志，心无旁骛，每个人都遨游在属于自己的那片知识的海洋里。白天，书屋是老人聚集学习的精神殿堂；晚上，书屋的灯光便点亮了小山村的夜，孩子们和家长们在书屋里看书，交流读书心得，小山村的夜从此不再孤寂。

村民们在书屋里淘到的宝可真不少！李大伯的儿子李波在书屋里学到养牛蛙的方法，开始尝试养牛蛙。嘿，不得不说，还真是走对路了。他的牛蛙真是"好女不愁嫁"，看把李大伯乐的，他直夸："浪子回头金不换，我儿子不赌博了，现在比牛蛙还牛哇！"

梁二婶是养猪能手，2019年的非洲猪瘟令许多养猪专业户亏得找不到出路，但她却逃过了这一劫。别人说她命好，她笑呵呵地说："哪有什么命好，多亏我在农家书屋的书中找到防猪瘟养殖技术，什么事都未雨绸缪才逃过这次灾难。"

爱玩手机的小孩子在大人带领下也放下手机，乖乖地来到书屋看书。原来的"手机控"小明现在变成"书虫"了。村里老人常勉励小孩子说："知识是偷不走的，只有多看书才能看到世界！才能融入世界！"是呀！"书中自有黄金屋"，小小农家书屋就像甘霖，哺育大家成长；书屋就是我们的"文化粮仓"，大家不约而同来到"粮仓"取粮。读书带给大家的不仅是充实，更多的是让大家感受"腹有诗书气自华"的畅意。

啊，小小的书屋，大大的"粮仓"！我爱这个"文化粮仓"，它是村民为实现梦想而启航的坚实后盾。

○ 学　　校：广西壮族自治区河池市金城江区第六小学
○ 书　　屋：广西壮族自治区河池市金城江区河池镇大杨村农家书屋
○ 指导教师：杨月珍

农家书屋给我插上追梦的翅膀

韦明朗

我的家乡在覃塘区的北大门东龙镇，美丽的莲花山下——罗马村。这里山清水秀，宽阔平直的水泥路直通各屯各户，屯里瓜果飘香，楼房井然有序，不少豪气的洋楼隐约掩映在浓荫里。

在一片比较空旷的地方，有一个非常漂亮的标准篮球场，篮球场的周围种有许许多多的绿化树，绿化树下是一排排把篮球场围了一大半的不锈钢宣传橱窗。篮球场的对面，隔着一条马路，便是两幢刷白一新的办公大楼，不用我说，你也明白了这个地方就是罗马村村民委员会的办公地址了。

这些年来，我们的家乡变化很大，村委大楼、村委大舞台、村级卫生所、村级篮球场、农家书屋等，应有尽有，极大地满足了村民们生活和学习的需要，特别是农家书屋，更是村民们空余时间的"网红打卡地"。

自从村里有了农家书屋，每天放学后，还有双休日、节假日，我与同学们都喜欢往那里跑，以至于有好几次，妈妈笑着对我说："这个农家书屋简直就是你的第二个家啊！"

你还别说，我真的很喜欢这个农家书屋：一是它离我家不远，阅读方便，借书方便；二是书屋虽然简朴，但是很整洁，也优雅。在这里读书，再合适不过了。还有，就是和蔼可亲的管理员了。她很认真负责，总是把书屋里的书摆放得整整齐齐，每本书的位置她都了如指掌。最开心的是，她总能把适合我的书推荐给我。

又一个周末，我早早地起床，刷牙，洗脸，吃早餐。把一些家务都收拾好之后，我便三步并作两步，朝农家书屋跑去。每次来到农家书屋，我就像是走进了书的天堂。每当拿起一本书来读时，我就会忘记一切，仿佛自己在书的海洋里游弋。特别是《百年光辉历程　全面建成小康》这本书，里面的内容精彩、翔实，故事性强，常常让我流连忘返……阅读，能给我带来快乐，能帮我消除疲劳，能丰富我的知识，更能提高我的写作水平。

通过阅读，我明白了老师在课堂上讲的"中国梦"的含义：实现中华民族伟大复兴是近代以来中华民族最伟大的梦想。我明白了没有共产党就没有新中国，只有社会主义才能救中国；我明白了是毛泽东主席等老一辈革命家领导全国人民，推翻三座大山，翻身做主人，并进行伟大的社会主义建设；我明白了抗美援朝伟大胜利的意义；我明白了"两弹一星"的卓越科研工作者们的伟大付出；我明白了只有改革开放才能发展中国的道理。

通过阅览村委的宣传资料，我了解到，2021年2月，习近平总书记庄严宣告，我国脱贫攻坚战取得了全面胜利，完成了消除绝对贫困的艰巨任务，创造了又一个彪炳史册的人间奇迹。今后，我们将在习近平新时代中国特色社会主义思想的指导下，更加昂首阔步地去争取一

个又一个伟大的胜利，从而实现伟大的中国梦……

　　真的，农家书屋给我的收获太大了。我爱农家书屋，它给我插上了追梦的翅膀，它给了我奋发向上的力量。

广西/缑书恒 绘

○ 学　　校：广西壮族自治区贵港市覃塘区东龙镇罗马小学
○ 书　　屋：广西壮族自治区贵港市覃塘区东龙镇罗马村农家书屋
○ 指导教师：覃正杞

致敬中国共产党

翁欣怡

操场上，随着国歌奏响，国旗冉冉升起，我挺直了身板，眼睛注视着五星红旗，一种骄傲、一种自豪、一种激动油然而生。而此时的我心中有了一种信仰，那就是"中国共产党"！自成立至今，中国共产党已经走过100年的光辉历程。在这100年里，中国共产党经历了数不清的坎坷，但始终不忘初心、牢记使命、砥砺前行。

中国共产党是我们中国走向新时代的领导力量。从"嫦娥一号"到"嫦娥五号"的成功发射；从"神舟一号"无人飞船到"神舟十三号"载人飞船；从单个航天器飞行到两个航天器组合飞行……这些事情足以让全世界知道，现在的中国已经变成一个繁荣昌盛、强国富民的世界级大国！

当阿富汗人民每天都在提心吊胆地生活时，我们正在惬意地享受着夕阳；当南苏丹人民为自身的疾病困扰却不能及时得到医治时，我们正在排队体检，一有问题便能及时检查治疗；当索马里人民为了生存去做海盗时，我们正畅饮着果汁。这种美好岁月都是因为我们有强大的祖国，有伟大的中国共产党！

我相信大多数人和我一样，在即将上小学时是非常兴奋的，充

满对小学的憧憬；但等我上小学后才慢慢发现，伴随着年级的升高，写不完的作业如洪水般无情地向我涌来。作为一名小学生，我每天都浸泡在写不完的作业海洋里。我开始迷茫，开始怀疑，开始抱怨。接踵而来的是，我的成绩渐渐地开始不稳定，有时高有时低。这还是我想要的小学生活吗？怎么和我想象中的不一样？我就像蔫了的花。这时候，我想起了那些为保家卫国而壮烈牺牲的人，如果没有他们的牺牲，又怎会有现在的宁静、和平？如果我不努力学习的话，又怎么对得起他们的牺牲？如果我不努力学习的话，又如何为祖国做出贡献？正所谓"努力不一定有回报，但不努力一定不会得到回报"。路是自己选的，只要脚踏实地走好每一步，不断提升自我，我相信我一定可以走出属于自己的一条路。

致敬中国共产党！它是我此生不变的信仰。它已融入我的生活中，已融入我的学习中，已融入我的心中。

○ 学　　校: 海南省万宁市大茂镇中心学校
○ 指导教师: 蔡丽花

励志中国梦·勤勉读书行

蒋婉莹

一个人就像气球，读书就像给人充气，读好书，就像给人充了氢气，可以使人飞上天，到更广阔的领域翱翔。

暑假了，但妈妈要上班，没有时间照顾我，外婆便邀请我去农村玩。我极其不愿意，抱怨着说："我才不去，没有网络，蚊子又多，放完假回去，别人还以为我得麻疹了呢！"外婆神秘兮兮地告诉我："这次可不一样，我们乡下建了一个……嘿嘿，反正你会喜欢的。""所以，到底是什么呀？""你来了就知道了。"我的好奇心被大大激发了，就这样被外婆"忽悠"到了乡下。

外婆家离社区很近，最近社区建了一座社区书屋，那儿就成了大家闲暇时的好去处。沿着一条蜿蜒的小路，我和外婆来到一片幽静的竹林，社区书屋就藏在林中。书屋是两间平房，不是很大。白色的墙，红色的瓦，书屋被花儿包围着，都是清一色的蓝，浅浅的，令人赏心悦目。

推开书屋的大门，一阵书香扑面而来，屋内并不豪华，但宽敞明亮，朴素整洁，又有一种古朴的韵味。几个木书架，几盆绿盆栽，一片祥和。看书的人还不少，不论男女老少，都在安安静静地看书。有的捂住嘴，使劲憋笑，好像看到了什么有趣的故事；有的感动得一塌糊涂，泪水止不住地流，让人们都不好意思打扰他；有的若有所思，专心致志，时不时地在小本本上记录着什么……外婆小声地对我说："你没有想到吧？我们这个不起眼儿的小村庄也有书屋了。"外婆停顿了片刻，自豪地感慨道："这些，都是党的功劳啊！"外婆还告诉我，农村人很少见这些东西，觉得挺新鲜，挺稀奇的。

这里书的种类挺齐全的，有少儿读物、古典名著、百科知识等。我深深地喜欢上了这个地方，整天没事儿就往这里跑。

我在这里看的第一本书，是罗广斌、杨益言写的《红岩》。许云峰、刘思扬、小萝卜头、江姐……一个个英雄人物被描写得栩栩如生，作家让这些英雄的光辉形象跃然纸上。共产党员们在中美合作所的秘密监狱中顽强斗争，他们立下豪言壮语——"为了免除下一代的苦难，我们愿——愿把这牢底坐穿！""竹签子是竹做的，共产党员的意志是钢铁！""毒刑拷打算得了什么，死亡也无法让我开口！"我激动地留下了泪水，滚烫的泪珠滑落脸颊，滴落在桌面上。是啊，共产党员是伟大的，无私的，是他们，用自己毕生的精力，甚至是自己的生命，换来了我们今天的幸福生活，并且毫无怨言，可谓是"捐躯赴国难，视死忽如归"。我开始反思，在吃穿不愁的今天，我珍惜现在的幸福生活吗？我对得起胸前的红领巾，对得起那鲜红的五星红旗吗？我感到非常愧疚。

后来有一天，网课老师布置了一道很难的题。我绞尽脑汁，用笔把草稿纸戳出洞了，仍然下不了笔。要不，不做了吧？或者……或者可以抄同学的……我犹豫地放下笔，又拿起来，放下，拿起……突然，我想起了《红岩》，江姐他们坚韧不拔、永不言弃的精神深深地鼓舞了我。我认真演算，竟然顺利打败了这道"阿波罗大难题"。再后来，每次遇到困难我都会用先烈的精神激励自己。

书籍已经成了我生活中永远不能缺少的挚友。在人生失意时，读书给我信心；在人生彷徨时，读书给我指引方向；在人生奋进时，读书给我前行的力量。

在这个朴实无华的社区书屋里，书籍见证了我的成长历程，给予了我无尽的精神慰藉，更让我拥有了梦的初始——励志中国梦·勤勉读书行！

○ 学　　校: 重庆市璧山区城北小学校
○ 指导教师: 雷相琼

重庆 / 沈潇萌 绘

农家书屋绽放青春之花

李雨泽

　　每次回农村老家，作为书屋管理员的外婆，都会带我去农家书屋，这是我最喜欢的地方。书屋所处的位置在大山的乡村小学里，外婆曾经是这里的乡村教师，在这里坚守了20多年。后来，村里的娃都进了城读书，原来的教室成了现在的村委办公室，唯独这间图书室保留了下来，成了今天的农家书屋。它没有我们想象中的那么大，也没有大学图书馆那样高端，更没有城市里的书店那样嘈杂。它远离城市喧嚣，只有屋外的蝉鸣和蛙声，让屋里多了几分静谧和惬意！

　　书屋里的书有五六千册，其中一些来自好心人、企业、志愿者的捐赠，对于人口仅有500人左右的小乡村来说，可谓内容丰富，种类繁多。走进书屋，迎面而来的书墨香吸引着我走近贴有"历史"标签的书架，我一眼就盯上了我所喜欢的中国历史。抽出一本，我席地而坐，倚靠书架，阅读起来。

　　农家书屋是孩子们成长的摇篮，更是外婆绽放青春的地方。听外婆说，20世纪80年代，她中师毕业后就在这里教书，两个年级，两个班，两个老师，30多个学生。当时各方面条件都很差，为了孩子们能走出大山，外婆从每月微薄的工资里抠出一点儿，购置一些书，课余

时间都让学生泡在书屋里，以书为伴，以书为友。是书籍启迪了他们的智慧和人生，她的学生出了两个研究生，十多个大学生。每次听外婆自豪地给我讲她的学生和书的故事，我都为她骄傲！

农家书屋是乡亲们奔小康的金钥匙。书屋里有很多农技知识方面的书，乡亲们在养殖和种植方面遇到难题，走进书屋，查阅相关资料，问题总能迎刃而解。乡亲们通过看书，了解了相关知识，学习了技能，加之技术专家的指导，养殖、种植技术飞速发展。乡亲们以前只是养蚕，现在可以抽丝剥茧织成丝绸锦缎；乡亲们以前只是种茶，而今可以将茶叶手工烘焙成成品绿茶，每年还举办茶文化节，发展生态旅游，茶香四溢，吸引八方游客。乡亲们富了起来。书屋不仅为乡亲们拓宽了小康路，还为建设乡风文明的新农村添砖加瓦。

小小的书屋，蕴藏着大大的能量，也孕育着我的梦。我渴望做一名乡村教师，到山区，到农村，陪伴那里的孩子们遨游书海，让青春之花绽放在祖国需要的地方！

○ 学　　校: 四川省江油市诗城小学
○ 指导教师: 何　明

遇见——我们的心愿

黄佳宇

暑假的时候，妈妈把我送去老家陪伴奶奶。我每天除了写作业就是和弟弟一起玩，有时候也在村子里溜达。不过有一天我在溜达的时候，有了一个新的发现：村子里挂起了"民族书屋"的牌子。我非常好奇，心想，"民族书屋"是怎样的呢？于是我便进屋去看看。书屋很大，却装满了书，书一排排地放着，很有秩序。我不禁感叹现在的老家真有品位，完全不是我儿时记忆中的样子。

在"民族书屋"里，我发现了"遇见——我们的心愿"一行字。"好有诗意！"我不禁暗暗赞叹。一扭头，我发现了隔壁正在读书的一位哥哥，他刚好抬起头来，见我正看着他，便幽默地抬手指着书架，似乎是怕我打扰了他。但我立刻会意——他是鼓励我看书。于是，我在一排排书架里寻找着⋯⋯

《小兵张嘎》！这是一本好书！我轻轻地翻开封面，很快便被一个个精彩动人的情节吸引了进去。嘎子的机灵勇敢让我拍手叫绝，他智斗鬼子的情形让我直呼痛快⋯⋯

后来，我遇见《杜富国传》。书中朴实的文字、深情的讲述，特别是杜富国对党忠诚、胸怀祖国、心怀百姓的扫雷英雄事迹让我感

怀。我一遍遍地读着。"你退后，让我来""跟着我的脚印走"——军人无私无畏的铮铮铁骨让我敬佩；"一定要还百姓一片安宁"——铿锵的誓言涤荡着我的胸怀；而当我读到他受伤，失去双手、双眼，醒来却第一个想到战友的安危……我的眼泪再也忍不住了。那一刻，我尽情地品味着人间至爱！

后来，我又遇见《红岩》。我用颤抖的声音艰难地读着一个又一个句子："但坚强的江姐立即想到的是自己负担着党托付的任务……竹签子钉进她的每一根指尖……"江姐，一个女共产党员，平静地在敌人面前宣布：胜利永远是属于我们的！这是怎样的大义凛然啊！

这一刻，我终于明白了：正是有无数像江姐那样的革命先烈前仆后继，不怕牺牲，用生命同敌人浴血抗战，也正是有无数像杜富国那样的共产党员胸怀祖国，心系百姓，不懈奋斗，才有了今天伟大祖国的繁荣昌盛和国泰民安！

这一刻，我终于明白了：爱国主义是人间何等深沉而又真挚的情感！于是我也明白了，建设美丽中国，实现中华民族伟大复兴的"中国梦"，是一代又一代中华儿女共同的心愿。

感谢遇见！是的，我们都有一个共同的心愿！

○ 学　　校: 贵州省道真仡佬族苗族自治县第四小学
○ 书　　屋: 贵州省道真仡佬族苗族自治县上坝乡三期安置点"民族书屋"
○ 指导教师: 郑周坤

梦中的小书屋

旦增措姆

我是一个小学生，我很热爱学习，也热爱读书。如果一个家庭没有书，就等于一间房子没有窗子。可想而知书在人们日常生活中的重要性。书就像一束阳光，或是一处风景，可以提高我们的童年生活情趣，让我们的童年生活变得更加丰富多彩，有声有色。我们能够通过读书获得更多的知识，将来做一个对社会有用的人。

我所在的小区有嘎玛贡桑统建社区农家书屋，我们每次想看书的时候，就到书屋去看。整齐的书架上摆放着醒目的红皮党史小故事。有一天下午我又来到书屋，坐在一个角落里，认真仔细地看着《小英雄雨来》。雨来是抗日战争时期的一位小英雄，虽然年纪小，但他热爱中国共产党，热爱八路军，非常痛恨鬼子，他用自己的聪明勇敢为八路军做了不少有益的工作。小英雄雨来的爸爸曾告诉过他："我们是中国人，我们要热爱自己的祖国。"

雨来热爱祖国、机智勇敢的品质值得我们学习。雨来不怕苦、不怕累。他虽然身躯弱小，但他用自己的智慧打败了强大的敌人，获得了巨大的胜利。雨来虽年少贪玩又调皮，但面对猖狂的日本鬼子，他表现得很勇敢，而且还捉弄敌人，让敌人上当，是真正的英雄。

我喜欢雨来，他调皮而不失勇敢。我要向他学习，面对生活、学习上的困难，不退缩，开动脑筋，用自己的智慧去解决难题。我要学习他的勇敢精神，学习他热爱祖国的激情，学习他热爱人民的高贵品质，做一个听党话、跟党走的好学生。

作为一名学生，我非常清楚学生需要些什么学习资料，需要补充哪些课外阅读，需要多做些什么习题。当社区里的同学们想要书籍，或想要学习资料时，我心中就有一个美好的想法，如果我家里有一间书屋，我会这样布置：左右两面各放一个不是很高的书架，里面放满各种各样的书籍，有短篇小说、笑话书、生活小常识书、世界名著，还有动漫书、科普书，更多的是党史小故事书——让同学们在学习之余放松心情。

当然，这间书屋的主人还是我，我要在书屋正中央摆上一个大大的书桌，上面摆放着中小学生需要的各种练习题、教材解析、教材同步资料等。屋里再摆上几张小椅子，让同学们在课余和周末时间来我的书屋里看书。我的这些书也可以外借，但决不允许弄脏、弄坏。所以大家一有时间都会喜欢来我的小书屋，一起学习，一起讲故事，快乐无比。

我想着想着就睡着了。我做了一个奇怪的梦：我的小书屋四周全是美丽的鲜花，到处可以看到在花丛中学习、阅读的小学生，他们个个笑逐颜开，谈笑风生，愉快的歌声响彻天空；走进书屋，书架上摆放着各类新书，有许多我们非常想看的课外书，包括各种漫画书、党史故事书，应有尽有。

"书山有路勤为径，学海无涯苦作舟。"这是我的座右铭。我爱这样的书屋，我要在这里读书，在这里成长，在这里一步一个脚印实现我的梦。

黑龙江／李钇默　绘

○学　　校：西藏自治区拉萨市城关区海城小学
○书　　屋：西藏自治区拉萨市城关区嘎玛贡桑社区农家书屋
○指导教师：卓　拉

洪水中，我结识了你——《延安红故事》

闫思旨

7月23日深夜，睡梦中的我被一阵急促的敲门声惊醒了。一个沙哑的声音喊道："洪水来了，紧急撤离！"外婆一把拉起我，给我套上一件厚外套，慌忙开门往外走。倾盆大雨中，一位身穿警服的叔叔站在齐膝深的积水里，手拿着喇叭，用沙哑的声音继续喊着："乡亲们，乡亲们，洪水来了，洪水来了！赶紧撤离！赶紧撤离！"说完，他就一手拉着我，一手搀扶着外婆，把我们送到了村委会。他一句话也没有说，就又转身冲进了倾盆大雨中。望着那位民警叔叔奋不顾身的背影，我突然间觉得，他不就是一本看不完的人生教科书吗？

五分钟过去了，十分钟过去了，撤离过来的人越来越多了，屋里就跟插葱似的挤满了人，很多人只能站在屋外房檐下的台阶上。院里的积水很快漫上了台阶。那位民警叔叔、村主任和两名退役的兵哥哥，穿着雨衣，站在积水里把沙袋堵在台阶上，给乡亲们挡住了越来越深的积水。看着看着，泪水渐渐模糊了我的双眼。正是他们，用自己的血肉之躯在这暴雨如注的天地间筑成一道铜墙铁壁，牢牢守护着乡亲们。他们不正是这洪水中用生命诠释着大爱的无字之书吗？

天渐渐亮了，雨渐渐小了。这时，耳边又传来了那熟悉的沙哑的声音："全体村民请注意，现在雨小了，年轻男子全部行动起来，挖渠疏通积水，妇女们照看好小孩子和老人，大孩子们去书屋看书，不要追逐嬉闹！"我和几个大孩子，便自觉地排队去书屋看书。这时，我瞥见了放在书架上的《延安红故事》。于是，我走过去，拿起它，如饥似渴地看了起来。我感受到了红军当年在革命圣地延安战斗和生活的感人情景：滚滚的延河，枣园的窑洞，杨家岭的红旗，东山的糜子，西山的谷，香喷喷的小米饭，醇香的米酒油馍，温暖的木炭火，热乎乎的土炕，还有毛爷爷、朱爷爷、周爷爷等一代伟人。特别是南泥湾开荒和大生产运动的场景，和窗外民警、村干部、村民在洪水中挖渠疏通洪水、转移财物、撤离群众、勇敢自救的场面多么相似啊！

一瞬间，我明白了，窗外的人不正是《延安红故事》中红色精神的传承者吗？他们不顾个人安危，冒着倾盆大雨，挨家挨户地转移乡亲们。这种舍生忘死、英勇无畏的英雄行为，不正是延安精神的继承和发扬吗？他们这种精神，启迪了我勤奋读书、造福邻里的梦想。

望着窗外渐渐又大起来的暴雨，我捧着我的《延安红故事》，默默地祝福家乡平安！抗洪救灾的英雄们平安！是你们，在洪水中傲然挺立的叔叔，用生命守护着我的农村小书屋，启迪着我造福家乡的中国梦！

○ 学　　校：陕西省洛南县西街小学
○ 书　　屋：陕西省洛南县洛源镇洛源村农家书屋
○ 指导教师：刘秋霞

安徽 / 陈王楠 绘

红色经典润我心

张　祺

那是一个星期天的早上，妈妈对我说："快点儿起床，今天村里的农家书屋有活动，早点儿吃完饭过去看看！"我赶紧穿好衣服，吃了饭，和妈妈急匆匆地朝农家书屋走去。来书屋的人络绎不绝，叔叔阿姨们还带着孩子呢，邻居李爷爷也来了，村干部们也都在这儿……我和妈妈坐在靠窗的座位上，只见书屋的正面墙上悬挂着"阅读红色经典　传承红色文化"主题亲子活动的横幅。

在村支书的主持下，活动开始了，依次上场的是邻居李爷爷和他孙子、中年大伯、年轻的刘阿姨……咦，我们班的刘浩同学和他爸爸也上台了……

大家讲的每一个革命故事、每一首红色诗词都感人至深。从李爷爷讲述的长征故事中，我知道了漫漫二万五千里长征路。红军跨越了14个省，在应对百万穷凶极恶的追兵阻截，面对空气稀薄的冰山雪岭时，所有红军战士仍坚定一个信念，只能攀登，不能停留，只能向前，不能回头。正是有了这种救国救民的革命理想信念，在大雪埋身的瞬间，在牺牲前的瞬间，他们依然十分清醒，还不忘伸出胳膊指向前进的方向。大无畏的革命精神激励着中国共产党最终取得了革命的

胜利。从年轻的刘阿姨讲述的赵一曼的故事中，我知道了赵一曼在凶残日军的严酷刑讯下，虽身负重伤，但她始终坚贞不屈，没有说出任何实情。在临死前，她给幼小的儿子写下了一封催人泪下的遗书。听完李叔叔讲述小萝卜头身在监狱，却渴望念书、刻苦读书的故事后，我的心情久久不平静！那一个个感人的事迹，一首首雄壮的诗篇，就是镌刻我们中华民族自强不息的不朽丰碑，就是见证中国人民不屈不挠的历史画卷！

两个多小时的活动，在刘浩和他爸爸为大家朗诵的红色经典诗歌《可爱的中国》中结束了。

我拉起妈妈的手，向书屋的"红色阅读区"走去，从书架上取下《红岩》，和妈妈一起认真地阅读了起来……

○ 学　　校：甘肃省白银市白银区水川镇金沟口中心小学
○ 书　　屋：甘肃省白银市白银区水川镇（原）张庄村农家书屋
○ 指导教师：张彩红

农家书屋放飞我的梦想

罗佳依

"花园里，篱笆下……我就是党的一朵小红花……"每天哼着这首儿歌走进白银区东台希望小学，我是多么激动和幸福呀！

我是一个来自会宁偏远山区的孩子，我的家乡曾经是出了名的贫困村，那儿除了山还是山，年幼的我时常坐在山顶上浮想联翩……

后来，我们一家从穷乡僻壤来到这高楼林立、马路宽阔、人海如潮的白银市。父母在白银区东台安民小区租住了楼房，我也有幸成为附近一所希望小学的学生。

来到东台小学，走进宽敞明亮的教室，看到和蔼可亲的老师，每天早晨吃着可口的营养早餐，心里的喜悦只有我自己知道。

班里同学几乎都是附近小区的孩子，他们的条件自然比我这个来自大山的孩子优越很多。说实在的，他们的穿着，他们的学习用具，他们的零花钱我都不羡慕。喜欢读书的我，最羡慕的是同学们手里那一本本精美的课外书。看到那一本本课外书，我不仅难过而且妒忌。父母偶尔给我买一本课外书，我都如获珍宝，课外书的缺乏成了我来到城市以后的心病。但我不想对父母说，因为我不想增加他们的负担。我知道父母为了给我创造好的学习条件，已经做出了最大的努

力。我们来到白银租住在这里，花销已经够大的了，父母为了打工早出晚归，每天拖着疲惫的身体回到家里。看到他们这么辛苦，我有时会有一种莫名其妙的难过。

疫情期间，我们都"宅"在家里，正当百无聊赖、无所事事时，学校号召我们安装农家书屋电子阅读手机软件。当爸爸的手机打开软件的一瞬间，我激动得差点儿叫出声来，这里面有这么多电子书，有我能叫上名字的，也有我叫不上名字的。于是每天晚上写完作业，我都会准时打开农家书屋平台，畅游在书海之中，心中的那块心病没了。爸爸妈妈看到我投入在农家书屋的劲头，脸上的笑容也渐渐多了起来。

疫情形势缓和后，农家书屋又重新开放了。每逢节假日，我都会来到农家书屋，嗅一嗅农家书屋特有的墨香，打开一本本心仪已久的书，和书中人物同喜同忧。在书屋中放飞我的梦想，这是我人生中最大的幸福。

农家书屋是党和国家的惠民工程，是党和国家对我们农村孩子的关爱。感谢党，感谢国家，感谢农家书屋，让我们这些来自大山的孩子实现了读书梦。

○ 学　　校: 甘肃省白银市白银区东台希望小学
○ 书　　屋: 甘肃省白银市白银区王岘镇东台村农家书屋
○ 指导教师: 武翠红

书屋有梦

杨科卓玛

书，是一座桥梁，连接着文化，更连接着梦想。

我的家乡在青海的一个偏僻的山村，这里不仅是王洛宾《在那遥远的地方》的创作地，也是中国第一颗原子弹、第一颗氢弹的诞生地。因为地处偏僻，经常放牧的牧民很少有与书结缘的机会，他们也很少有时间走进书屋、图书馆和书店。但在党和政府的帮助下，我们这里的条件得到了很大的改善，曾经以为遥不可及的书屋变成了现实，一座座书屋正改变着我们这里的每一个人。

我经常去书屋看书，尤其是暑假，书屋里会来很多城里的大哥哥大姐姐，他们会给我们讲外边的故事，带我们一起读书学习。利用暑假，我看了一本叫《红色家书》的书，这里面让我印象最深的是那些革命者在危险的战斗间隙，利用文字把对亲人的思念和对美好生活的憧憬化为一封封感情真挚的红色家书，并成为留给我们这些后辈无比宝贵的精神财富。他们以坚强不屈、英勇献身的精神，为民族独立和人民解放献出了鲜活的生命。这里面有一位叫钟志申的同志说过："我牺牲生命，把一切贡献于革命，是为了寻找自由，为了全国人民求得解放，我知道我的牺牲，不会白牺牲，我的血不会白流。"

　　而现在，这样的山村书屋遍地开花，牧民世世代代的生活方式也在发生着变化。书屋里不仅有中文图书，还有很多藏文图书，可以让大家学到所需要的东西。越来越多的人在书屋里学习知识、掌握技能。是书屋让牧民的梦想越来越接近现实。

福建 / 陈梓萱 绘

○ 学　　校: 青海省刚察县泉吉乡寄宿制民族小学
○ 指导教师: 才项什姐

书·梦

叶尔扎特·卡布尔哈孜

茫茫夜空之中，总会有繁星闪烁；炎炎骄阳之下，总会有花朵绽放；静静山岭之间，总会有夜鸟鸣啭。葡萄架下、田间地头，梦的种子已悄悄发芽。你可曾有一个梦？

我有一个梦，是一个九天揽月、遨游天际的梦，是一个在祖国大地上谱写新篇的梦，是一个在地球村间架起万座桥梁的梦，是一个描绘未来的梦……

这个梦，就如海中浪花，一朵接着一朵，如果一直写下去，不知要写多少篇章。

这个梦，就如一株树苗，要想明日枝繁叶茂，就要呵护好它，再用书来滋润它的土壤。

"书中自有黄金屋，书中自有颜如玉""书籍是人类进步的阶梯"。从古至今，人们对书的赞颂滔滔不绝。书是人类的挚友，书可以引发人们的思考，也可以使人们感悟到许多。

读《小英雄雨来》《王二小》时，我仿佛穿越时空与这些少年英雄对话，我可以清晰地看见，他们小小的身躯中，有着正直刚强、勇敢无畏的魂魄。读方志敏的《可爱的中国》《清贫》时，老一辈革

命家的坚定初心与朴素清廉的品格，深深地感染了我。读《七律·长征》时，我不禁感叹，昔时的红军战士为了人民和祖国，不惜抛头颅、洒热血，以铁骨豪情映照了字字诺言，不畏严寒雪山，不畏奔腾大河，不畏枪林弹雨，翻过崇山峻岭，踏过条条江河，走出了辉煌的万里长征路。

革命先辈们一直恪守自己的理想与信念，经过艰苦卓绝的奋斗，无私的奉献和牺牲，才得以有我们今天丰衣足食的幸福生活。我们这一代人，将接过接力棒，把中国建设得愈加繁荣富强。

在乡村里，读书已成为一道亮丽的风景。我们这一代少年迎着祖国的春风，在知识与智慧的海洋里畅游，攀登知识的山峰。透过书籍，我们可以看到昨日，更能看到今天，我们可以懂得我们在这个时代的担当与使命。

我相信，我的梦、你的梦与我们的梦都能在我们的奋斗下，在不久的将来实现。

○ 学　　校：新疆维吾尔自治区霍尔果斯市莫乎尔中心学校
○ 指导教师：荣　红

书屋逐梦

徐向林

在布满沙漠和戈壁的大地上，有一块神奇的绿洲，那就是红星四场，这里是我的家乡。随着新农村建设工程的推进，我们这里的环境变得越来越优美，笔直的柏油马路通往四面八方，各种花汇成的花海蔚为壮观。在绿树掩映中，在枣树田和棉田的包围中，有一个看上去很雅致的图书馆，这便是红星四场二连的图书馆。馆内书香四溢，安静整洁，书籍更是琳琅满目。平时，连队的职工、孩子一有空便会来这里阅读。

暑假的时光总是快乐又充实。那天，我跟随妈妈来到了二连的图书馆。妈妈找到一本《史记》，同时也不忘帮我找了一本小学版的《海底两万里》。我学着妈妈的样子阅读起来。我感觉这本书很神奇，也很有意思。书中的尼摩船长吸引了我，他勇敢、聪明，他能利用海水发电制造出奇异的"鹦鹉螺号"潜水艇，在遭遇危险时从容、镇定。我也很喜欢书中美丽的海底世界，这里有神奇的海底森林，有美丽的珊瑚，有蓝色、绿色的海藻等。我也和阿龙纳斯教授及其伙伴一起经历了遭遇土著人、海底葬礼、救助采珠人、南极冒险、章鱼的袭击等惊险的一幕幕。

　　妈妈告诉我，这是法国科幻作家凡尔纳的作品，这部作品是科学幻想小说的一个代表。我心想：这个人真是厉害，写得和真的一样。我要像书中的尼摩船长一样勇敢。

　　"书山有路勤为径，学海无涯苦作舟。"以后我要读更多的书，了解神奇的书海，我也会刻苦学习，实现自己的梦想。

○ 学　　校: 新疆生产建设兵团第十三师红星四场第一学校
○ 指导教师: 何瑞欣

河南 / 王子汉婴 绘

中学卷

ZHONGXUEJUAN

小书屋里的读书人

黄海洋

村委会的二层小楼里，开设了一间农家书屋。书屋面积很小，书籍也不太多。不知道是因为刚刚开设不久，还是因为爱看书的人少，总之，我去过几次，那里都很清静，除了一个老人，看不见其他人。所以，我以为老人是这个小书屋的管理员。

当我第六次光顾小书屋时，我看见的唯一一个人仍旧是他。他正坐在书桌后，戴着老花镜，聚精会神地看一本书。我绕到他背后，悄悄看到，他看的竟然是《习近平谈治国理政》。我很吃惊，一个七八十岁的老人，怎么会对这样的书感兴趣呢？于是，我想问一下他，来满足我的好奇心。

"爷爷，您是这里的管理员吗？"我还是想证实一下我的猜测。老人抬头看看我，说："我本来是来看书的，但是，村主任说了，既然我每天都来看书，就让我当管理员了。国家给咱们这么多书，不看怎么行呢？没人管理怎么行呢？"

没想到他既是读者又是管理员，我不禁对他佩服起来："您真了不起，还这么关心国家大事，还看《习近平谈治国理政》这样的书。这样的书我可看不懂。"

老人笑笑说："不关心政治怎么行呢？关心政治就是关心国家。习总书记了不起啊！在他的领导下，这些年我们中国发展很快，在全世界的地位越来越高。你们年轻人更应该好好学习这本书。"

我边和老人说话，边在书架边转悠，希望找到一本自己喜欢的书。老人说得没错，任何人都能感受到国家的飞速发展，这得益于我们党的正确领导，得益于我们坚持走社会主义道路。

农村的百姓视野不够开阔，对国家和世界的了解很少，对各类知识了解得也很少，正因为如此，国家才建立了农家书屋，让百姓们在家门口就能通过阅读弥补不足。

和老人的交谈中，我才知道，他是一位有着50年党龄的老党员，还是一位老兵，并且参加过对越自卫反击战。知道这些后，我对他肃然起敬。

"你们年轻人更要多看看历史书，尤其是共产党领导人民进行革命的历史书，不能忘记历史啊！"老人又换了一个话题。

我的眼睛盯在书架上，很快就找到两本书，一本是《开国元勋》，一本是《红军长征史》。我把这两本书摆在老人眼前，问他："您看这两本行吗？"

老人很满意："看看吧，比天天打游戏、玩手机有意义。多看看这样的书，你才会知道现在的好日子是怎么来的，才不会忘记那些牺牲的人。"

我不再多说话了，觉得自己和老人比起来，像是在精神世界方面缺少了什么。在这个科技发达的时代，这个老人不一定会使用智能手

机，也不一定会用电脑，不懂什么是微信和支付宝，可是，他懂得重视历史，懂得关注国家命运，懂得活到老学到老。从某个角度说，他是我们年轻人学习的榜样。

对于这样的老人，尤其是经过战火洗礼的老人，革命精神在他们心里占有无法取代的位置，那是一种激励他们的魂，也是一种力量和信仰。而我们要做的，是把这种舍生忘死的革命精神传承下去。在传承历史的同时，我们更要关注国家的现在与未来。

书架上的一本本书，很多都值得阅读。如果我们有老人一样的心态，把读书当作一种乐趣，或者是一种修养，才会发现书的价值，也才能体现出人的审美。我希望这样的书屋越来越多，也希望像老人这样的读书人越来越多。

我抬起头，望一眼窗外的天空，然后又重新审视了一下眼前的空间。在这间小小的农家书屋里，虽然只有一位老人读者，但我相信，在他的带动下，会有更多的人喜欢坐在这里阅读，从书中汲取知识、力量与信仰。

○ 学　　校: 天津市蓟州区西龙虎峪镇初级中学
○ 指导教师: 郭述军

遇见书屋，遇见梦

孙千烨

在我的童年印象里，爸爸妈妈一直是忙碌的，陪伴我最多的是爷爷奶奶。关于书的记忆也与爷爷有关。记得我很小的时候，爷爷拿给我一本《三字经》，封面有些破旧，许是翻的次数多了，边缘部分毛茸茸的，但我很喜欢这种古朴的感觉。"人之初，性本善……"这是爷爷在我成长岁月里根植下的最初的书的样子。

烟火流年，如梦蹁跹。走过童年的稚嫩和懵懂，如今我已升格为初中生，一路走来也读了一些书。但大部分是学校老师推荐的，因为除了老师推荐，我不知道还有哪些书更有趣。而我们村子里新建的农家书屋——好梦书房，给我打开了一扇宽敞的阅读之门，引我走进更加广阔的世界。

好梦书房坐落在村子的正南方——好梦林水生态园景区的好梦花房里。走进景区，远远地就可以看到一座二层楼建筑，素朴中彰显着现代元素。走近一点儿，建筑前的空地上点缀着几个现代工艺的雕塑，给这个小小的村落注入了一股浓郁的文艺气息。

记得第一次踏进好梦书房，我还来不及睁眼看，鼻子就闻到一股书籍特有的墨香味儿，使我浑身涌起一种莫名的兴奋，如同饥饿的人

闻到面包的香味。一楼的书籍主要是针对大人们的，散文、小说、生活哲学方面的居多，很多书都是我从来没听过、没见过的。从一楼尽头拐角处向上望去，有一条长长的台阶，台阶两侧独特的书架设计，让整个空间弥漫着文艺气息。缓缓走上台阶，随手拿一本书，随心而坐，便能享受片刻的宁静。

二楼是孩子们的乐园，也是让我迷恋的地方。西侧是儿童绘本专区，还配有专门的游乐设施，简直太幸福了。偶尔，我也会在这里转几圈。我最喜欢中国台湾绘本画家几米的作品，《森林里的秘密》《月亮忘记了》……每一帧画面都似曾相识，又那么深邃悠远，让人在平静中思考，在思考中成长。东侧是青年人的天地，文学、艺术类的书籍比比皆是。最令我震撼的就是《这里是中国》，这本由星球研究所和中国青藏高原研究会共同编著的书，真正让我领略了祖国的雄浑和壮美。开启书的扉页，几行字赫然展现在眼前——1本书=3年日夜对内容的精心打磨；1本书=365处极致风光的瞬间捕捉；1本书=519页充满温情的中国故事；1本书=1000小时绘制53张专业地图。这是一本极致展示中国这片广袤土地的书。唯美的图片，专业的地图，深情的文字，让我看到祖国的大好河山。在这本书里，我读到了青藏高原。青藏高原不仅地势高峻，还是中国水系的源头。它是一座容纳4万多条冰川的"超级水塔"。数不清的高原湖泊如珍珠般镶嵌在它的身上。随着地势，黄河、长江滚滚向东，奔流而下，这才有了中华民族几千年灿烂的文明。在这本书里，我读到了阿里，读到了古老的象雄王国与古格王国。阿里被称为"世界屋脊的屋脊"，这片荒芜之地拥有极致的自然风光，昆仑山脉、喀喇昆仑山脉、冈底斯山脉、喜马拉雅山脉四条巨龙在这里汇聚。在书中这些高清的航拍图中，我看到了雪山、河流和村庄呈阶梯状排列，大自然鬼斧神工般地把阿里雕刻得如此庄严、神奇和秀丽。在这本书里，我读到了古都西安，一个雍容大度的城市。之前听老师讲起过到西安旅游的经历，金碧辉煌的大唐不夜城是令人向往的地方。随着朝代的更迭，繁荣与衰落一次又一次地变换，最后汇聚成一道风景，一种力量。

作为伟大中国梦的传承者和弘扬者，我深知狭隘的视野无法引领青春的脚步，只有在书籍中不断汲取知识，才能助力梦想的实现。感恩遇见，遇见一本书，遇见祖国俊美河山；感恩遇见，遇见一间农家书屋，让我生出滚烫的梦想。

○ 学　　校: 河北省保定市清苑区张登中学林水分校
○ 书　　屋: 河北省保定市清苑区北店乡西林水村农家书屋
○ 指导教师: 孙雪辉

河南 / 宋秉轩 绘

可否，来听听我的故事？

马琳芸

你好，匆匆忙忙的人啊，可否驻足片刻，来听听我的故事？也许我的躯壳在角落里待得太久而变得黯淡，可我的内心永不会蒙尘啊。你若捧起我认真钻研，定能发现那一位位为祖国抛头颅、洒热血的革命先烈似乎重新拥有了青春的生命力，那一声声充斥着英勇与壮烈的枪响重新在耳边回荡，那一句句掷地有声的话语化作颗颗热泪砸在心头，那一串串视死如归的脚印踏着思绪狠狠震动……

你好，未来尚有无限可能的少年啊，可否轻轻顿足，来听听我的寄语？也许如今我的吸引力于你而言比不上任何电子产品，可这并不是我无趣的标志啊。你若肯耐心为我留些时间，定能发现在那还残有墨香的字里行间，理想与希望正在闪闪发光。在李大钊先生的手记里，对青年的句句教诲已然化作了心中的烙印；在鲁迅先生针针见血的文章中，动荡时代的痕迹给予了我们警醒。我能带给你们的绝不仅是知识，还有坚韧不拔的意志和报效祖国的决心！

你好，渴望读书的农村孩子啊，可否暂且停下手中的农活儿，尽情吸取我身上的精神养料？在这样的生活环境里，你这棵豁达坚强的小树却茁壮成长。我知道，你一直相信知识改变命运的真理。于是我

"临危受命"，来到了你的身边，不知你朴实红润的脸上，究竟有多灿烂的笑意？

您好啊，我们来听您的故事了……

您好啊，我亲爱的书籍先生。我听到了您的呼唤，我愿来倾听您的故事。的确如您所说，您那蒙了灰尘的身躯承载了太多的酸楚！尽管英雄岁月正悄然无声地流向迟暮，您却依旧执着地牵着他们的手，带着他们不朽的精神叩响我的心扉。如果说真正的死亡是被人遗忘，那么您，便是烈士灵魂的载体，更是送给我们的一支传唱不衰的红色颂歌！

您好啊，我慈爱的书籍爷爷。我收到了您的寄语，我愿来践行您的嘱托。我会将百年国耻铭刻在心，珍惜当下的和平生活，我会以"为中华之崛起而读书"为己任，为实现中华民族伟大复兴出一份力量。这不仅是您语重心长的叮咛，更是党、祖国和新时代共同托付给我们的使命！我们定不会辜负这份沉甸甸的希望！

您好啊，我可爱的农家书屋。听说了您的到来，我愿以我最真挚的感情来欢迎您！您可曾见到，当您的身影出现在这里时，孩子们的欢呼声惊起了一群飞鸟；您可曾听到，孩子们摩挲纸张，读得废寝忘食时无意发出的几声呢喃；您又可曾感受到，"唯有知识才能走出大山"这句话成了多少农村孩子的人生信条！内容各异的图书被翻得发黄破损，但在孩子们的眼中仍是闪着光的珍宝。今日看来，您送给他们的是书本和知识；展望未来，您留给他们的是光辉的前景与宝贵的精神财富！您可否停得再久些，内心再充盈些，让孩子们学得更久些，更多些……

堆积在书柜里的静待被释放的小精灵们啊，我愿为你们停留。可否，为我讲讲你们的故事？

四川 / 胡梦洁 绘

○ 学　　校: 山西省长治市上党区第七中学校
○ 书　　屋: 山西省长治市上党区韩店街道柳林村农家书屋
○ 指导教师: 乔会芳

草原书屋之旅

孙晨萱

拨开一堆柴木会看见各种小虫，我自然会想起《昆虫记》；仰望一片夜空会看见漫天星火，我不禁会想起《星星离我们有多远》。书籍，使我的生活变得更加丰富多彩。

周末，爸爸说要带我去"草原书屋"，这是我从未听过的名字。听说"草原书屋"是立足于基层的书屋，名字听起来极具诱惑。霎时间，我的眼前浮现出广阔的草原，美丽的蒙古包……走近"草原书屋"我才发现，它的外表虽是平常屋子的模样，但里面大有玄机。

读书点亮心灵，书香润泽人生。走进屋内，书香四溢。大自然的芳香和书架的木香在空气中碰撞，酿造出一种陈年老酒的醇香，让人沉醉其中。抬眼望去，各种各样的书籍摆在书架上，像沉睡许久的法宝，等待人们去打开"封印"。书屋既为青少年和成人们提供了文学、历史等各类书籍，让他们在知识的海洋里遨游，又为孩子们提供了生动有趣的启蒙类书籍，书中一个个文字就像一个个跳动的音符，提高了孩子们的阅读兴趣。同时市面上的各种报刊也应有尽有。书屋里十分安静，只能听见此起彼伏的呼吸声。

我在书屋里寻了许久，一会儿看看名著小说，一会儿翻翻红色书籍。五颜六色的封面像一块块魔法石，让人们驻足于此，不由自主地打开赏读。屋里设有专门的读书桌，不同年龄段的人们惬意地坐在各自的座位上阅读不同的书。一位年过花甲的老人扶着老花镜，用手指着一排排的文字，嘀咕着什么，时不时还翻翻旁边的大字典。虽然读的速度十分缓慢，但每当读完一段文字时，他就会放松皱起的眉毛，微微笑笑，然后又投入下一段的阅读中。恰时，阳光从窗外探进头来，想要看看这位老读者的英姿，于是便肆意洒下光芒，把他的发梢染得金灿灿，就像撒上了一层金箔。我悄悄地注视着他，不禁想起了"活到老学到老"这句经典的话。

老人依然在认真地读书，我默默地走开，继续寻找心仪的书。突然，一本名为《习近平的七年知青岁月》的书引起了我的注意，白色的汉字印在酡红的封皮上，最上方是一张习总书记当知青时的照片。照片上是一张和蔼可亲的脸，身后是那广阔的土地，真是意气风发正少年啊！我果断地将它带到书桌旁，认真阅读起来。这是中央党校策划组织的系列采访实录，目的是讲好习总书记的故事。从书中我了解到，习总书记和普通人民一样，有过曲折的少年故事，也有过奋斗的青年故事。他曾任职过多个领导岗位，曾去过中国的很多省份。他热爱祖国的每一片土地，甚至于"把自己看作黄土地的一部分"。通过不同人员的叙述，一位脚踏实地、无私奉献、乐观向上、不怕艰苦、勤奋好学的人物形象跃然纸上。他的优点数不胜数，他的事迹感人肺腑。其中，给我印象最深的，便是他好学这一优点。如黑荫贵所说，习总书记年轻时虽然话很少，但爱思考，不张扬。书中还提到他见了

好对联就摘抄下来，遇到新鲜事就刨根问底，一有时间就如饥似渴地读书等，这些都是值得我们学习的。读到这儿，我不禁联想起了自己。自己是不是很张扬呢？自己有多少真才实干呢？自己有没有多思考、多读书了呢？碰到不会的问题，自己有没有打破砂锅问到底呢？因此，我们一定要看到他人身上的优点，反思自己，做到自省，不断完善自己，让自己变得更优秀。

"草原书屋"这项惠民工程为人们提供了科技普及、精神娱乐、文化宣传的新阵地，让人们有了"充电"的好去处。走进书屋，阅读一本书，欣赏一段文字，了解一段历史，总有一种如沐春风、意犹未尽的感觉。

同学们，趁着闲暇之际来"草原书屋"吧，它一定会让你乐此不疲而且满载而归的。"草原书屋"欢迎你！

○ 学　　校: 内蒙古自治区林西县民族中学
○ 指导教师: 郭松波

山花烂漫时，他在丛中笑

王郡遥

当春风拂过大地，皑皑白雪融化，当朝阳越过地平线，将天际点亮，当耳畔传来一声渺远的鸡啼，当五星红旗蓄满力量迎风飘扬，当英雄的家书铺陈在眼前，我们聆听到了啼血的吟唱。

邂逅《红色家书》，邂逅的是一个个伟大的灵魂。他们亲切得如我们邻家的父辈、兄长，但他们同样伟大，伟大到用纤弱的臂膀去承担一个民族的重量。他们心系父母，但无法侍奉；他们情牵子女，但无力抚养；他们渴望自由，但无惧死亡。他们拥有最高贵的心愿，祖国和人民的利益在他们心间永远至高无上。他们很多人逝世于花样的年华，却化作春泥，呵护滋养我们后来人，让那一朵朵山花在我们心间绽放。

罗曼·罗兰曾说："世界上只有一种真正的英雄主义，那就是看清生活的真相之后，依然热爱生活。"在《红色家书》里，我感受到了另一种诠释：真正的英雄主义，是看清生活的真相之后，用自己的生命，将黑暗驱散，敢将旧貌换新颜。他们化作春泥，为我们守护了漫山的创新之花。

"我们不仅要认识世界，而且是改造世界。"这是无产阶级革命

家王若飞在国民党归绥"第一模范监狱"里致舅父黄齐生离别信中的铿锵话语。由于叛徒出卖，王若飞不幸被逮捕，在敌人严刑逼供和功名利诱面前，他毫不动摇，立场坚定。王若飞的铁窗生活长达五年零七个月。在狱中，敌人不断安排人住进他的牢室监视他，不料，一个个都被他感化成了共产主义的信仰者。他还在狱中写了两万多字的长信，劝国民党绥远省政府主席傅作义抗战，令傅作义大受感动。王若飞在致舅父的信中并不是简单说教，而是以至亲至诚的情谊进行两代人之间的深刻交流。正如他言"宗教信仰和贵族的同情如梦幻泡影，如露亦如电"，他用马克思主义哲学观对舅父进行教育，诉说了只有马克思主义学说才能给出一条消灭剥削压迫、最终通向每一个人的解放的道路。他这种敢为人先、思他人所不及的创新精神在那个干戈遍地、音信难通的时代尤为可贵，这朵创新之花给了后来人冲破腐朽、创造新世界的力量。

"人最宝贵的东西是生命。生命对于我们只有一次。一个人的生命应当这样度过：当他回首往事的时候，他不因虚度年华而悔恨，也不因碌碌无为而羞愧。"这是保尔给我们所有想成为钢铁的年轻人的一句箴言。在《红色家书》里，我从两封伟大的无产阶级革命家写给子女的温婉家书中，看到了他们用无尽绵延的爱，为我们种下了漫山的青春之花。

"决不能只是从书上找现成的答案。"这是中华人民共和国元帅罗荣桓在病中写给儿子罗东进的家书中的关切话语。他告诫儿子说，不要有干部子弟的特殊优越感，要和工农子弟打成一片；要与同志互相信任；要记住虚心使人进步，骄傲使人落后；要重视实践生活，不能把他人理论作为我们的万应药方。一纸家书见证了一位元帅父亲的良苦用心。对于子女的思想作风，罗荣桓要求十分严格。他的教导告诉了我们当代少年应该有的样子，真正的年轻是勇于探索，不断实践，靠自己的力量扎实前行。

"不应当马马虎虎地度过你的青春期。"这是党的第一代中央领导人刘少奇和他的妻子王光美给女儿刘平平的家书中的质朴话语。这封家书中溢满了他们对刚满14岁的女儿的祝愿。他们在信中说"希望女儿认真地考虑一下，到底要做一个什么样的青年"，他们希望女儿成为一个力争上游、无私积极、热爱劳动、不畏牺牲、具有远大的共产主义理想、能够承担起革命前辈的革命事业的优秀共青团员。我想这也是全天下父母希望子女活成的样子。青春如白驹过隙，怎样的生活才能不负父母不负祖国，这是每一个青年应该思考的问题。这朵青春之花给了后来人认真生活、努力前行的力量。

"为着追求光和热，人宁愿舍弃自己的生命。生命是可爱的，但寒冷的、寂寞的生，却不如轰轰烈烈的死。"这是巴金对于生命的追求。在《红色家书》中，我看到了一位位用生命捍卫信仰的勇士。他们用热血在祖国的河山上浇灌了漫山的信仰之花。

"我的死是为着社会、国家和人类，是光荣的，是必要的。"这是史砚芬在给弟弟妹妹的诀别信中的潸然话语。史砚芬在南京台城召开秘密会议时被国民党抓捕。被捕后，他严守党的机密，面对敌人的严刑拷打，毫不屈服。敌人对他束手无策，最后只能判处他死刑。知

道自己将要不久于人世，他给弟弟妹妹写了这封诀别信。面对死亡，他毫不畏惧，平静地对弟弟妹妹说："我今与你们永诀了。我的肉体被反动派毁去了，我的自由的革命的灵魂永远不会被任何反动者所毁伤！我的不昧的灵魂必时常随着你们，照护你们和我的未死的同志，请你们不要因丧兄而悲吧！"史砚芬对革命事业充满了必胜的信念，他说："我死后有我千万同志，他们能踏着我的血迹前进，我们的革命事业必底于成。"这朵信仰之花给了后来人向险而生、向死而行的不屈意志。

纸短情长，见字如晤；家书如镜，映照初心。追寻红色记忆，传承红色基因；涵养家国情怀，凝聚前行力量。这芳草青青的大地，也曾洒满鲜血；这碧空如洗的苍穹，也曾硝烟四起；这伟大的中华民族，也曾遭受屈辱。仰望星空，回顾历史，我们应不负韶华！少年智则国智，少年强则国强。小小少年，志存高远，勇于追求，不畏难关。不忘先辈初心，牢记吾辈使命。今日的我为中华之崛起而读书，将来的我为国家之富强而奋斗。

你看到了吗？花红漫山遍野。你听到了吗？那含笑的呢喃……

○ 学　　　校: 辽宁省抚顺县汤图满族乡九年一贯制学校
○ 指导教师: 马　娜

广东 / 陈沐恩 绘

藏在书里的梦

包 荣

那天路过书店，我突然心血来潮想买一本书看看，可走进去了才发现这里没有自己想看的书。想想自己房间里那些被自己"抛弃"的书，我忽然没有了那种静下心来看书的感觉。无奈，我只能两手空空地走出书店，回家去了。

晚上，爸爸回来了，我对他说："爸，我房间里那些书都扔掉吧，我也不看，放在那里也没用，还占空间。"爸爸一听这话，赶忙对我说："那怎么行，你房间里那些东西，什么都可以扔，唯独那些书，你绝对不能扔掉！"我一听，便有些疑惑，问道："为什么书不能扔？"爸爸意味深长地说："我给你讲个故事吧。你爸我小时候啊，家里特别穷，能够达到有衣服穿、有饭吃已经是顶好了。那时候的我啊，特别喜欢读书，所以就天天梦想着能有一本属于自己的书。什么书都无所谓，因为只要是书我就喜欢。有一天，我小姑神秘兮兮地给了我一个盒子，让我在过年的时候再打开。我就一直盼着，盼着盼着就到时候了，我迫不及待地打开盒子，只见里面赫然是一本新书。打开盒子的一瞬间，独属于书籍的香气扑面而来。我当时激动坏了，拿着盒子的手一直在抖。那天晚上我是抱着那本书入睡的。自那之后，我无论去哪儿都带着这本书。它有一个小小的折痕，我都会把它铺平，稍微有一点儿损坏，我都会心疼很久很久。这本书陪伴了我大半个童年。我是想告诉你，读书永远都不会感到腻，因为每次读书你都会读出与之前不一样的东西。"听了爸爸这话，我回到房间，找出那些被搁置已久的书，熟悉的书香扑面而来。我这才发现，我并不是因为静不下心而不读书，而是因为不读书而静不下心。

别林斯基说："好的书籍是最贵重的珍宝。"莎士比亚说："生活里没有书籍，就好像大地没有阳光；智慧里没有书籍，就好像鸟儿没有翅膀。"书无处不在，它们藏在世界的每个角落里，藏在城市的每个角落里，藏在乡村的每个角落里，藏在家庭的每个角落里。

在书中，梦有很多很多。我的梦可能是飞翔的梦。小鸟长大了，展翅飞翔，无拘无束，这是一个强大的梦，或许也是一个自立的梦吧！人长大了，慢慢地就会有学习和生存的能力，不再去依赖他人和父母。我想这个梦一定是一个十分美妙的梦，有一种流星划过天边的感觉。许多美妙的梦交织在一起，就像一张交错的网。在这成千上万的梦中去寻找我自己的梦，似乎很困难，又好像有迹可寻。我相信，终有一日我可以梦想成真、前程似锦！

○ 学　　校: 吉林省镇赉县莫莫格蒙古族乡学校
○ 指导教师: 周元磊

我的家乡·我的梦

周　同

"乌苏里江来长又长，蓝蓝的江水起波浪，赫哲人撒开千张网，船儿满江鱼满舱……"每当听到这首歌，我就会想起我的家乡抚远市乌苏镇赫哲族村。

我是在乌苏里江畔听着滔滔江水声长大的赫哲族孩子。还记得小的时候，爸爸每天去江里打鱼，妈妈把爸爸打到的鱼做成各种好吃的菜，虽然家里生活条件一般，但衣食无忧。我们住在低矮的平房里，冬天冷夏天热，冬天还需要自己烧炉子取暖。

从1921年到2021年，我们的党走过了辉煌的百年，我们的祖国日益强大起来，国家各项事业迅猛发展，好的政策不断在我们边境赫哲族小渔村落地开花。乘着国家大力发展少数民族文化产业的东风，在政府的扶持下，我们赫哲族村的文化产业发展迅速，取得了很好的成绩，创造了很大的经济价值，还带动了村里的贫困户脱贫致富。赫哲族村的村民，不仅可以学习制作鱼皮画、鱼骨画等手工艺品进行销售，还可以学习赫哲族歌舞进行表演，或是到独具赫哲特色的"伊力嘎"饭店打工。赫哲族人不再是仅仅依靠渔猎生活了。国家的惠民政策让赫哲族人的生活越来越富裕，越来越美好，让神秘的赫哲文化也日趋繁荣，经久流传……

我们赫哲族村的村民都住上了宽敞明亮的楼房，这里有统一的热力供应和自来水供应，村民不再为取暖和用水发愁了。村里还成立了合作社，教授村民制作各种鱼皮画等手工艺作品、表演赫哲族歌舞等。我的妈妈也参加了合作社，现在妈妈通过制作鱼皮工艺品、表演赫哲族歌舞，每个月也有了一定的收入。我们家的生活也很快富裕起来了。

为迎接建党百年，学校也举行了丰富多彩的庆祝活动。在阅读红色经典的活动中，我读到了一篇关于珍宝岛自卫反击战的故事，这是发生在乌苏里江流域的保家卫国的战争。在故事中我感受到了中国人民解放军那种为了保卫国家领土完整不怕流血牺牲的精神，那句"人不犯我，我不犯人；人若犯我，我必犯人"的口号一直回响在我的脑海里。在苏联军队侵入珍宝岛，袭击中国边防部队后，中国边防部队被迫自卫反击。苏联军队三次出动大量的武力对中国边防部队发起猛烈攻击，中国边防部队奋战近九小时，顶住了苏联边防军的六次炮火袭击，挫败了他们的进攻。中国边防部队用实际行动保卫了国家的领土，维护了中华民族的尊严。我不禁想到在2020年6月15日中印加勒万河谷边境冲突中牺牲的中国人民解放军边防战士陈红军、陈祥榕、肖思远、王焯冉，我想当时他们的心中一定响着同一句誓言："中国的神圣领土，决不容许侵犯！"从前是这样，现在是这样，以后也是这样，保卫祖国领土完整，是每个中国公民的责任。对于生活在祖国边境的我们，更应把保卫祖国每一寸领土作为自己的责任和使命。

百年历史，百年荣光。历经百年洗礼，我们的党从稚嫩走向了成熟，我们的祖国从落后挨打走向了领航时代，我的家乡也从贫穷走向了富裕。蜿蜒流淌的乌苏里江不仅给我们赫哲族人带来了丰富的鱼类，更给我们带来了保家卫国的精神和力量。这种红色力量在乌苏里江流淌，静静地流进每个赫哲族人的心中。

阅读红色故事让我在历史中学习和成长。作为新时代的中学生，能在宽敞明亮的教学楼里学习，我是幸福的。今天的幸福来之不易，我不会忘记无数革命先辈抛头颅、洒热血，献出了宝贵的生命，才换来了今天的和平和幸福的生活，更不会忘记自己肩上的责任和使命。我会努力学习，长大后为祖国的发展贡献自己的一份力量，把我的家乡乌苏镇赫哲族村建设得更加美丽。

少年强则国强。请党放心，强国有我！请家乡人民放心，家乡发展有我！

○ 学　　校: 黑龙江省抚远市乌苏镇赫哲族学校
○ 指导教师: 张喜丽

延乔路的尽头是繁华大道

杨雨童

　　"在合肥有一条延乔路，这条路的尽头是繁华大道。"我真正知道这句话，以及了解这背后的历史，是通过前不久看的一部电视剧——《觉醒年代》。在这部历史正剧中，历史书上的伟人形象更加立体了，有了烟火气。历史书上记载的耻辱年代的民生百态，对我们来说也不再模糊不清了。

　　延乔路的背后，有两个人——陈延年、陈乔年。原来我想说"陈独秀的儿子是他们俩"，但在真正了解了这两位英年早逝的革命者后，我更想说的是"陈延年和陈乔年的父亲是陈独秀"。

　　少年自有少年强！弱冠年华最是好。这一年，陈延年21岁，陈乔年17岁，他们一同出国留学。大革命爆发后，他们立即回国，到处进行政治宣传工作，深入贫苦一线，为成功领导1925年的省港大罢工做出了重要贡献。他们将生死置之度外，一心向着中国共产党，使出浑身力量也要为中华民族之崛起贡献绵薄之力。

　　又过了几载，陈延年29岁，陈乔年25岁，这是1927年。陈延年在上海被捕。

　　光阴轮回，陈延年已逝，陈乔年26岁，这是1928年。陈乔年被

捕，脚上、手上戴着镣铐，身边是押送他前往刑场的国民党反动派。他的身上尽是伤痛与沉疴，旧伤与新伤叠加，隐隐可见森森白骨。赤裸的双脚挂满血痕，颤颤巍巍地走在尘土飞扬的路上，但他的步伐却异常坚定。他就这样在众人的"拥护"下走着，全然不见深陷囹圄之态，反而有几分傲慢和轻狂。他的前方是行刑场，他脸上的豁达却像是通往一处极乐之地——或许当时他已经看到了百年后的国家昌盛，四海安定。

霎时，他回眸。脸上是血痂和疤痕，一副饱经沧桑之态，眼眸深处却是难得的稚气和纯真。眼里有光芒闪烁，因为他已经看见了未来的国泰民安，欣欣向荣。他们的拼搏终不会被辜负。于是，他咧嘴一笑，孩子般天真，一如当年。

"我们的党不是从天上掉下来的，也不是从地上生出来的，更不是从海外飞来的，而是在长期不断的革命斗争中，从困苦艰难的革命斗争中生长出来的，强大出来的。

"让我们的子孙后代享受前人披荆斩棘换来的幸福吧！"

陈延年，中国共产党第五届中央政治局候补委员，革命烈士。1927年被捕，宁死不跪，被国民党反动派乱刀砍死，时年29岁。

陈乔年，中国共产党第五届中央委员，革命烈士。1928年被国民党反动派杀害于上海龙华，时年26岁。

血水里开出的花，凋零在最美好的年纪，定格在盛放的瞬间。

而今的我们，再次回首那幅波澜壮阔的历史画卷，会感到他们的伟大。他们震古烁今的功绩，他们忠贞不渝的信念，他们鞠躬尽瘁、死而后已的精神，在历史的洪流中被无限地放大，成了老师在讲台上对学生侃侃而谈的榜样力量，成了学者心悦诚服所追随的对象。他们永垂不朽，他们千古流芳，他们的精神、品质将被世世代代地传承！

我们看见了他们历尽千帆后的胜利，所以能感受到他们的奋斗意义重大。但他们的伟大和悲壮远比我们所能想象的厚重得多。因为，他们并不是局外人，而是局中人。

他们曾站在历史的风口浪尖，不知道国家的覆灭和新生哪个是结局，不知道自己的努力能否博得一线生机，不知道后人会怎样评判他们，怎样评判这个时代，但他们凭着信念继续往前走，向前冲，为中华民族之崛起而奋斗。他们不知道自己的牺牲对中国革命的胜利有多大意义，也不知道要用多少年才能迎来胜利，甚至不确定能不能胜利，但他们抱着一腔热血，在那前途未卜的时代洪流中顽强斗争，拼死守护华夏这泱泱大国。他们不需要历史来记载功勋，也不需要那些空虚华美的称颂。在牺牲之时所能依赖的只有满怀的信念，他们愿意为此奋斗终生，生而无憾，死亦无憾！

后来啊，合肥有条延乔路，延乔路旁有住宅，有派出所，有小学，有万家灯火。这条路，最终通向繁华大道。

○ 学　　校: 上海市嘉定区震川中学
○ 书　　屋: 上海市嘉定区安亭镇先锋村农家书屋
○ 指导教师: 王燕萍

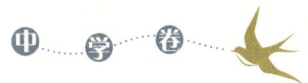

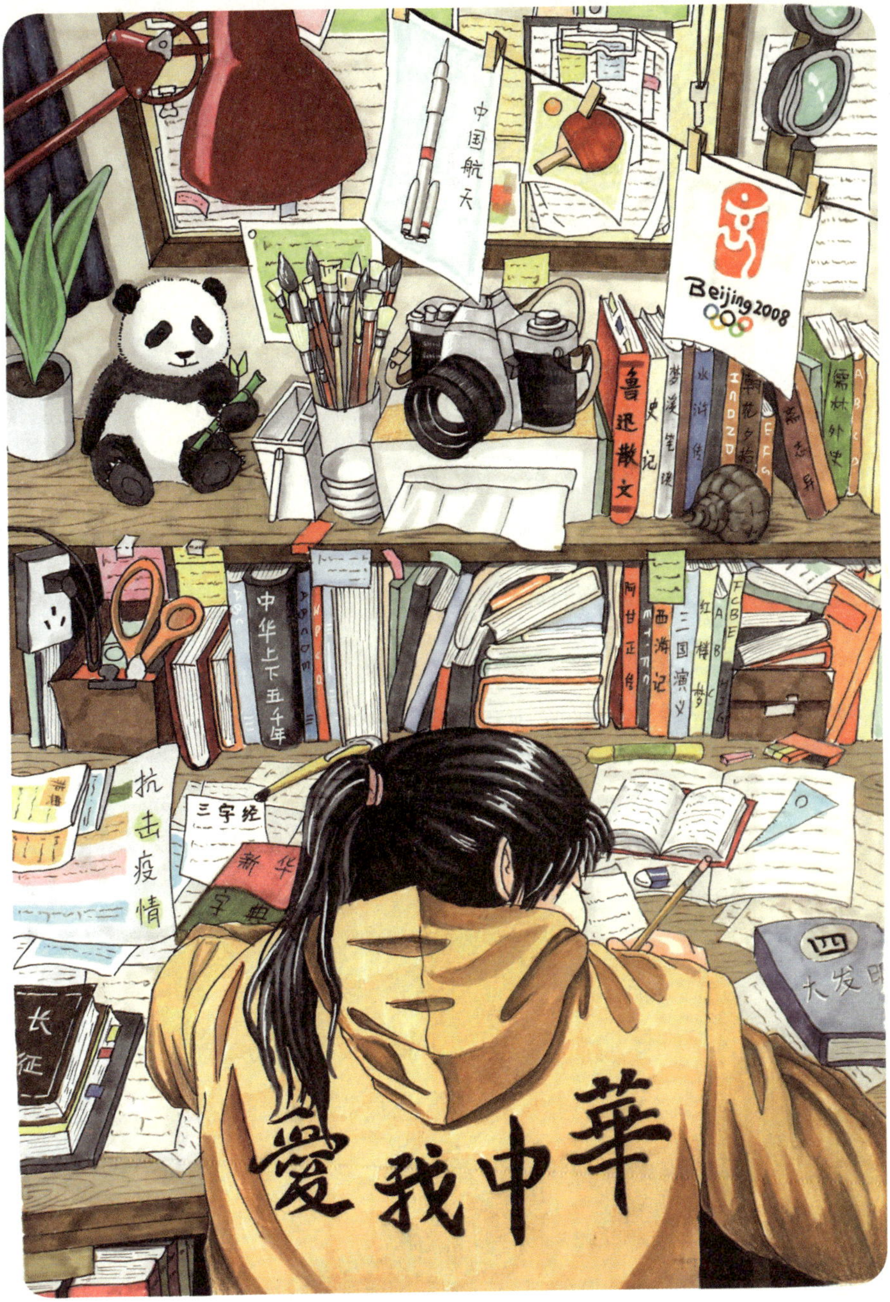
中国航天
Beijing 2008
鲁迅散文
史记
梦溪笔谈
水浒传
朝花夕拾
儒林外史
中华上下五千年
阿甘正传
西游记
三国演义
红楼梦
抗击疫情
三字经
新华字典
长征
四大发明
愛我中華

江苏 / 汤雨欣 绘

书屋中的红岩星火

佟佳奕

一座书屋，满架书。夏日的阳光照射在木质书架上，映亮了读书人的脸庞，"荷塘阅读区"五个字也熠熠生辉。在整齐的书本中，我找到了老师推荐过的《红岩》。

《红岩》的封面恰如其名，红色的山岩上，生长着挺拔的松树，"红岩"二字居正下方，苍劲有力，红、白、米黄三色交织，鲜明而热烈，似乎正迫不及待地再现深渊中人们的呐喊与行动。我轻轻地翻开了书页……

"抗战胜利的纪功碑，隐没在灰蒙蒙的雾海里……"书的开头便抹上了一笔厚重的灰色，将我卷入了一个灰暗、动荡却又暗藏活力的年代，一个个共产党人的形象出现在我的眼前。

凝重的文字在眼前掠过。门外，是特务嘈杂的脚步声。暗室中，负责印刷红色刊物《挺进报》的地下党员成岗在一刹那做出决定，在第一时间将信号发给了组织，告诉他们这里已经暴露。他放弃了跳窗脱身的机会，错过了逃跑时机，最终被捕。在被逼问上级时，他凛然怒吼道："党中央！毛主席！"他临危不惧，无私的革命精神使人动容。他不为一己私利，所思所想皆是党和人民，怎能不让人敬佩？

书页在指缝间跃过，我似乎见到了一场觥筹交错的宴会。这，是狡诈的敌人设下的陷阱。被持枪的警卫押着的主角从容进场，他正是前几日被捕的工运书记许云峰。他的嘴角挂着轻蔑的冷笑，他一眼识破了敌人想捏造他与国民党政府当局合作以蛊惑群众的诡计。他一身正气地面对着满场男女说："今天的满桌酒席，全是从哪里来的……这全是你们搜刮来的人民的血汗……要干杯，你们自己去干吧！"许云峰明辨是非，正直的革命精神使人动容，他不被诡计蒙蔽双眼，不为威逼利诱所动，怎能不让人敬佩？

"竹签子是竹做的，共产党员的意志是钢铁！"我的耳边好像响起了江姐的声音。铁锤高高举起，竹签钉进每一根指尖，血肉被撕裂，血水飞溅，江姐却始终一声不吭，坚决不泄露党的机密。在那个即将到来的黎明前，她将赴刑场，同志们失声痛哭，她却用一贯冷静的音调鼓励同志们："这是每个共产党人都要经受的考验！"江姐那坚贞不屈、勇敢无畏的革命精神使人动容。她那从容的背影深深地印在我的心底里。她，一个女共产党员，用生命诠释了"红岩精神"，怎能不让人敬佩？

我久久地坐着，思绪万千。窗外已是日薄西山，层层晚霞宛若翻涌的红色波涛。我想起了去年的重庆之行，白公馆与渣滓洞那逼仄的囚室，潮湿闷热的环境又重现在眼前，红岩的光辉与党的形象在我心中逐渐变得丰满，有血有肉。

书屋里的光线依旧温暖而柔和，屋内看书的人们脸上洋溢着幸福的笑容：一个老人正向志愿者询问书本某页的内容，一个小男孩儿正在听母亲念书，这般静谧的景象，使人无论如何也无法想象曾经的战乱。无数先烈前仆后继才有了如今的幸福。一部厚厚的《红岩》，不仅重现了历史，也使"红岩精神"永刻心底。

而新的时代赋予"红岩精神"新的内涵。在抗疫时期，面对未知的病毒、极高的传染率，无数志愿者在党的领导下前往一线抗疫。一纸请愿书，他们留给我们坚实的后背。为生命争分夺秒，为群众通宵达旦，为信仰不顾安危，"苟利国家生死以，岂因祸福避趋之"，我目睹了百年大党的无私无畏，崇高精神……

这是一个和平而美好的时代。作为一名中学生，努力学习，为人民、为国之崛起积蓄力量。这，既是对先烈的致敬，也是为传承"红岩精神"尽一份绵薄之力。

英烈们长眠于青山翠柏之间，而他们的精神如星星之火，长存于书页之间，并终将燎原。

○ 学　　校：江苏省南京市溧水区溧水高级中学附属中学
○ 指导教师：陈　翔

惊　蛰

黎金秀

多年以后，当我坐在桌前提笔时，我准会想起当年去农家书屋参观的那个遥远的下午。

孩提时，我常喜欢倚靠在迎着风的木门边读书。低矮的小木房，只在屋顶披着一层灰色的瓦。雨天的瓦，浮漾着湿湿的流光。也许是刚下了一场雨，空气中带着泥土的味道。

闲暇时间，我总爱跑到农家书屋看书。走到村口，再拐转几下，便到了书屋。远远望去，书屋极大气；走近去看，书屋又极雅致。屋里整洁、明亮，墙壁上写着方方正正的四个大字——宁静致远。一张张粗脚桌子，上面三三两两地放着书。风吹过，书页也翻过。书屋不大，但书很多，多得让人眼花缭乱，满屋子里只有一股书籍特有的油墨香气。

阳光洒在书上，明晃晃地耀眼。一本小说映入眼帘，是余华的《活着》。我终是在这一页停了下来，喃喃地读着："死亡不是失去生命，而是走出时间。"我读着，读得热泪盈眶。我不禁想起了那些沉睡在黎明前的革命烈士们。他们伤痕累累地走向了死亡，留给后人的精神却熠熠生辉。他们坎坷的一生短暂如一朵花的花期，或如一个夏天的蝉鸣叫的时间，但他们却凭着革命的激情燃烧了整个人生。他们的牺牲让我们有了现在的幸福生活。

那个年代，是鲁迅先生所说的"吃人"的年代。但幸运的是，在那个被乌云所笼罩的灰色年代，也有着誓要拨开云雾的一群人。中国是因零星的觉醒者唤醒千千万万个觉醒者而崛起的。他们是可以燎原的火星。但我说，他们是铺天盖地的烈火。我合上书，为他们的牺牲而感到沉重、悲痛。

这时，我看到一位上了年纪的老人坐在阅读区看书。上去询问后得知，他在看一本关于党史的书。眼下正值建党百年，他每周都有两天时间在农家书屋里读书，了解党的历史。

"以前村里哪有什么书屋啊，大家都是靠打打牌、拉拉家常打发时间的。归根结底啊，还要感谢我们的党，我们的国家。这些书让我对党和国家有了深刻的了解。我们的国家，正在慢慢变强大！"他说。听后，我深受震撼。

旁边还有一位母亲，她正揽抱着自己的孩子，为他细细读着童话故事，绘声绘色，声音轻柔，小孩儿则是静静地听着，一副陶醉的样子，也不插话。

整个书屋又像一个世界，或是一个不受外界干扰的小整体。小孩儿、中年人、老年人都聚集在这里。书屋像连环扣似的，将隔辈人的读书愿望融汇在一起，毫无违和感。再想起那些逝去的革命先烈，他们让我们多读书，他们说我们就是他们，他们说国之大任，还看后人。是的，他们不会再回来，但他们的精神还在。没有人永远不会离

去，但永远有人正在年轻。他们虽然逝去了，但是永远有人会延续他们的精神。

突然听到一声春虫的鸣叫，这是到了惊蛰吗？虫鸣唤醒了我，让我更笃定了我的梦想——一个少年的爱国梦，一个复兴的中国梦；也让我明白了革命烈士不朽，生命不朽，青春不朽，灵魂不朽，泱泱大国不朽。

太阳落山了，朦胧的暮色从岸边伸展到湖上，水由蔚蓝色变成铁灰色。听微风，耳畔响。再回望书屋，它是书屋，又不仅仅是书屋，它还是一个承载梦的地方，一个千万个少年为之奋斗的答案，一个我华夏泱泱大国站起来、富起来、强起来的标志，它更是爱，是暖，是希望。

风起，梦圆。时代一直在变，可有一种东西，却固若金汤地躺在心底，只待岁月静好。

○ 学　　校: 江苏省南通市海门区天补镇初级中学
○ 指导教师: 顾玲玲

书屋里那一抹红

方梦婷

走过长长的滑石铺成的台阶小道，映入眼帘的是披着绿色墙衣的一间小小的书屋。书屋与周围的绿植融为一体，如果是在天晴的时候，细碎的光斑洒在墙体上，使人仿佛身处仙境。

推开轻掩着的木板门，屋内光线很充足，没有开灯，阳光划过一排排高大的书架。顶着热烈的太阳光，我掠过一本本五花八门、色彩纷呈的书。最终，我的目光锁定在了一抹浓艳的红色封面上。那本书在一排色彩斑斓的书中显得那么突兀、那么抢眼。在强烈的好奇心迫使下，我抽出了它。

封面上画着满天的血红色，与之相对的是墨色的岩石，烙印在最下面的是"红岩"二字。为什么会用这样一幅画作为小说的封面呢？带着疑惑，我翻开了《红岩》的第一页。

光的影子随着时间的推移而不断偏移，钟表上的分针跑了一圈又一圈。我的双脚已经站得只剩下麻麻的感觉。"小姑娘，天色已经不早了，早点儿回家去吧。"一位老伯伯走到我的面前，和蔼地对我说。我来的时候不过是正午时分，现在竟然已经傍晚了。无可奈何，我只得恋恋不舍地放下这本书。"不用借书吗？"他问我。我摇了摇

头。比起在家中读完这本书，我更希望能在这种恬静温和的氛围下享受阅读的乐趣。

我再次来到这间书屋的时候，天正下着淅淅沥沥的小雨，雨水拍打在树叶上，发出"滴答滴答"的乐声。这一次，屋内开了灯，里面的人比上一次多了不少。有的是熟面孔，我在这间书屋里见过；有的我没见过，可能只是来这里避雨的，顺便看看书……人虽然多了点儿，但是丝毫没有影响屋子里的安静，只能听见翻页而发出的沙沙声。我仔细打量着周围的布景，四周的墙上贴着不少革命先烈的照片，底下还附上了一系列背景故事。视线从画面上移开，我再次移步到那个书架前，别的书还在，那抹红色却消失了。

我四处张望，试图再次寻找那抹红，可还没找到。那位老伯伯又出现在我眼前："我看你很喜欢这本书，就事先替你收起来了。今天人比较多，来晚了可就看不到了。"我接过他递给我的书，封面还是一如既往的鲜红，上面印着"红岩"二字。"谢谢老伯！"我对那位老伯伯道了谢。老伯伯呵呵一笑，告诉我："平时啊，也有许多像你一样的小孩子来这里看书。书屋里别的东西没有，就是书特别多。一看到有这么多的人和我一样，也喜欢看这些书，我就打心底里高兴。"书架上整齐有序地摆放了很多书，他看似随意地拿起其中一本，自顾自地翻了起来。

我只是看着他，那本《红岩》还静静地躺在我手中，没有翻动。木门"咯吱"的声音打断了我的思绪。之前躲雨的人都走得差不多了，只剩下零星几个人，没想到又进来一群戴着红领巾的小学生。

"故事伯伯！"一个看上去只有一年级的小朋友一看到老伯伯立马就激动了起来。他身边一个年长一点儿的小孩子拍了拍他的肩膀，提醒他安静一点儿。"故事伯伯，我一放学就来了，今天还有故事吗？"老伯伯笑呵呵地说："有的有的，昨天的故事还没讲完呢。"

老伯伯和几位小朋友坐到了书屋的一角，读书的声音从角落里传出，声音很轻却让人听得清楚："乱哄哄的茶园里，坐满了人。穿西服的，穿军服的，穿长袍马褂的……"有些语言对于小朋友来说可能有些生涩难懂，他们却听得很认真，目光紧紧地盯着老伯伯。我也坐在椅子上，看起了我自己手中的那本《红岩》。

书屋里呈现的那一抹红色，寄托了先辈的意志。通过书本，它们会薪火相传，永不湮灭！

愿有一天，我也拥有这样一间小书屋！

○ 学　　校: 浙江省建德市大慈岩初级中学
○ 指导教师: 潘　梅

广东／麦家源 绘

金色田埂上的梦

石晶晶

金色的阳光透过稠密的树叶洒落下来，我和奶奶紧紧依偎着。手指着田埂上那间小屋，奶奶说，那是我们的梦开始的地方。

风吹过，心里留下的是儿时的回忆：在村头，爸爸妈妈从怀抱里将我放下，爷爷紧紧地抱着我，我的小手小脚在爷爷的臂弯里不停地扑腾。爷爷抱着我绕着村子走了一圈又一圈，一直给我说着爱丽丝的故事。说着说着，我就大了。村子里的学习条件不比镇上，发展也落后，但爷爷总是带着我在大院里看书。他还常常撇下农务，骑着他那自行车，载我去镇上淘书。自行车一颠一颠的，终点站是梦的彼岸。到了书店后，爷爷便从儿童读物转到世界名著，不停地把书放到购书车里。他总说书不怕多，慢慢看，总是会看完的。看着爷爷那坚毅的目光，我不禁泪花闪烁。回到村里已是半夜，奶奶知道了就拿着鞭条追着我们打，嗔怪我们一老一小，丢掉农务，跑到镇上去享福。

烈日当头，我和奶奶戴着草帽在地里收谷。爷爷去镇上买肥料，回来时，他站在田埂上大喊："老婆子，毛儿，政府要在咱们村子里面建设农家书屋啦！乡下娃娃也有图书馆了，哈哈哈哈……"

年底，书屋终于交付使用了。我和爷爷随人流一同拥入。看着满

面的书墙，爷爷竟泪流满面，低哑地说："毛儿，你一定要多读书，读好书。我们那个年代，人民都是躲在屋后面读点儿书，条件艰苦啊！现在好了，咱们乡下的娃娃也能有书看了，这一切都要感谢国家的好政策啊！"我点点头，拉着爷爷来到长长的书桌前，拿了一本我感兴趣的书，放在爷爷面前，像小时候一样，让他讲给我听。

每天只要一放学，我就来到我喜欢的书屋，满心欢喜地拿着书，坐在小桌前。抬头可见的是，在长桌前，爷爷戴着他的老花镜，潜心地读着报纸。日头落下，书屋里亮起了灯，爷爷悄然来到我的身旁，用长满细小裂口的手指着那一行字——一个人的生命应当这样度过：当他回首往事的时候，他不因虚度年华而悔恨，也不因碌碌无为而羞愧。爷爷同我说道："毛儿，现在的你们是正青春，不可虚度光阴哪，更不要回望青春时而感到遗憾啊！生在好时代，你们更要发奋读书啊，为家乡做出改变，让乡下娃娃有更好的学习环境。"

世事无常，一场大雪带走了爷爷，从此再也见不到他穿梭于书架之间。书屋里还是满满的人，唯独没有了他的身影。

夕阳西下，一抹红霞在金色田埂上诉说着不舍与眷恋。在这间书屋里，我抚摸着书架上那数不清的泛黄的书。我要带着我的梦想从这里启程。

○ 学　　校: 安徽省宿松县城关初级中学
○ 指导教师: 卢　玲

我的书屋·读书圆梦

李佳依

从古至今，书，一直是人们看重的东西。书，一直在我身边。我的梦，在书中开始。

小小的村庄，坑洼的路面，灰暗的生活，那是我童年的记忆。那时的我没有梦想，没有理想，整日对着浑浊的水潭发呆，去幼儿园也是傻傻地做一些摸不着头脑的事，或是看着天空的云彩由白至橙，听着老一辈人不厌其烦地讲他们那个时代发生的故事，日子一天一天就这么过去了。迷迷糊糊地进了小学后，我以为日子依旧是那样，却不曾想我的生活竟发生了如此巨大的变化。

"村里有农家书屋啦！"文艺委员兴冲冲地跑回闹哄哄的班级，大声宣布那让她兴奋的消息。闹哄哄的班级突然安静了几秒，接着又热火朝天地讨论起来。小学时的我性格有些孤僻，自然没加入讨论，只是暗自盘算着待会儿放学去趟农家书屋。

书屋不算小。屋内宽敞明亮，几张长桌摆在中央，几排书架整齐有序地排列着，透过长方形的格子，可以看到里面整整齐齐地摆放了各类书籍。书架上都贴了标签：童话类、科普类、教材辅导书……应有尽有。现在是放学时间，每个书架前都挤满了人。我走到最后一

排书架前，好奇地抬头望了望，上面赫然用黑色水笔写着"爱国情怀"。然而，"爱国"二字对现在的小学生来说还有些模糊，明明天天戴着鲜红的红领巾，却不理解它真正的意义。回想起从前老一辈人讲过的故事，我随手拿起了一本厚重的书，抬脚走向了长桌。

抬头看看其他人，有抱着可爱封面的童话书读得津津有味的女生，也有捧着蓝色封面的科幻小说却读得百思不得其解的男生，还有撑着脸的孩子，指着书上标有拼音的生字，询问旁边的大人。我身边坐着一个男孩，他眉头紧锁，正聚精会神地盯着书上的内容。周围很安静，反倒是我放下书时闷重的声音引起了旁人的注意。"嘿，小孩儿，你看得懂这本书吗？"身边的一位大人饶有兴趣地问我。"不知道，随手拿的……"我低着头，翻开了目录。

翻开第一章，我囫囵吞枣般地迅速读完了，咂咂嘴，完全不懂文章的意思。抬头看向窗边，天色已经沉了下来，我抱着书，去前台办理了借书手续。

周末，我再一次翻开了那本书。这次，我选择细细品读。恍惚间，我的眼前仿佛闪过一艘红船，正从黎明中驶来。中国革命自那儿放射出第一缕耀眼的光芒。中国共产党人以七月的名义，呼唤八月的南昌风暴，呼唤秋天的井冈星火。我看见了，太行山下抗日的烽火；我听见了，微山湖畔的嘹亮凯歌；我看见了，山西灵丘的首战告捷……我从书里看到了好多好多，幼小的我好像第一次明白了脖子上系的那一抹红色的意义，我好像听懂了老一辈人对我们不厌其烦、一遍又一遍地讲述的那些故事。

年幼的我产生了一种发自心底的责任感和使命感。在那一瞬间，我成长了。我的人生好像突然有了色彩。红色，是红色。党的精神像雨滴一般落进我的心里，我好像有了"梦"，我好像有了理想，我好像有了希望。

周总理曾在年少时说过"为中华之崛起而读书"；詹天佑曾说过"各出所学，各尽所知，使国家富强不受外侮，足以自立于地球之上"。我们是时候为国家、为党、为自己而读书了！

我的梦，正是为国家、为党付出自己的一份力。有了梦，就有了奋斗的目标，有了目标，接下来就需要交给自身的努力。读书圆梦，是书拉近了我与党的距离，是书剪开了束缚我的茧，是书让我拥有了飞翔的翅膀。

○ 学　　校: 福建省漳州市漳州台商投资区鸿渐中学
○ 指导教师: 施定旺

农家书屋——梦想开始的地方

赵泽仕

隔壁，刀锯木材声不绝于耳。

我家开了一间建材生产厂。一个不到200平方米的院子里，用砖瓦简单地砌成三个部分，分别是设计区、生产区和生活区。

设计区有一道用五块木板拼接成的门，它隔绝了户外的热气。夏日里，我时常躲在这儿的角落里，一边用手捂住耳朵，一边费力地背诵英语单词——只有设计区才有空调。隔壁就是生产区。每每从那儿路过，我都看见父亲光着膀子满身是汗地操纵着机器切割木材。他和几个叔叔三班倒，保证人休机不停。

我的母亲很瘦很小，将圆领短袖随意地扎在牛仔裤里，骑着电动车穿梭在南昌的各个街道角落招揽生意。一旦她谈妥了生意，父亲便会和几个叔叔一起，将切割好的建材板搬上一辆货车，然后驾车驶出院子。

我在这里待了很多年，日复一日地看着他们迎来送往。直到有一天，母亲又一次骑着电动车出去时，她看到了一间书屋——南塘村农家书屋。

那是一个用数个红柱子围成的院子，院子里整齐地摆放着几盆绿植。书屋门口挂着一副对联——学习新技能，争当新农民。母亲推开门，发现里面陈列着各式各样的书籍，并且设有专门的阅读区。我不知道母亲发现这个农家书屋时有多兴奋，但是看到她在我面前手舞足蹈介绍时的样子，我心里想她必是真的很开心为儿子找到了一个暑期好去处。

第二天，我便到农家书屋去了。

几个村民已经在里面了。门口一本黄色封面的借阅登记册上记录着借阅人姓名、书名、借阅日期和归还日期。我粗略地一翻，发现这里喜欢阅读的村民还不少呢！

书屋里的书涵盖了科技、少儿、生活、文化四个板块，每个板块均用一个红色的标签贴在醒目位置，使人一目了然。有个村民站在书架前，拿着一本《糖尿病看这本就够了》，认真地翻阅着。

四周都是静的，隔壁没有木材切割的声音，院子里没有汽车一次次倒车的声音，只有空调悄悄地呼出一道道冷气。我小心地移动椅子，坐了下来。

在农家书屋里，我看完了《钢铁是怎样炼成的》。保尔·柯察金，一个四次从死神手下逃脱的人，他用自己的人生经历，用钢铁般的意志、顽强奋斗的精神震撼了我。一次战斗中，一颗炸弹在保尔身边爆炸，导致他头部重伤。医生的日记里写道，往常像他这般伤情的人几乎全都去世了。可保尔，他凭着钢铁般的意志一次次地与病魔斗争，终于醒了过来，但他的右眼却失明了。伤好后，他没有选择清闲的工作，而是主动前去修铁路。伤寒、肺炎等疾病再一次缠上了

本就虚弱的他，保尔又一次倒了下去。在十分痛苦的时候，他想到了自杀。这是摆脱困境最怯懦、最容易的办法。对懦夫来说，不需要更好的出路。可即使到了无法忍受的地步，也要竭尽全力，使生命变得有益于人民，这才是保尔·柯察金！"人最宝贵的东西是生命。生命对于我们只有一次。一个人的生命应当这样度过：当他回首往事的时候，他不因虚度年华而悔恨，也不因碌碌无为而羞愧。"

回忆父母的前半生，他们早年在苏州打拼，为他人打工卖家具，后来屡经挫折，从30万的本钱亏损到只剩两万块，再后来顶着巨大的压力，终于开了一家建材厂，好不容易有些起色，却又碰到了新冠肺炎疫情，一连好几个月都没有生意。可是父母始终不曾放弃，不曾向生活低头。"遇到挫折，就战胜它！遇到磨难，就打败它！"母亲常常这样对我说。她弱小的身体里，隐藏着巨大的能量！

父亲的汗水，母亲的叮咛，保尔的坚定，一个个鲜活的榜样影响着我，促使我前进。感谢农家书屋给我这么好的阅读环境，我相信，只要我坚定理想信念，并朝着目标不断奋斗，终有一日我会实现我的梦想！值此建党100周年之际，我立志成为一名航天员，为祖国探索太空，探索未知的事业！

○ 学　　校: 江西省南昌市青山湖区南昌三中高新校区
○ 书　　屋: 江西省南昌市青山湖区艾溪湖南路南塘村农家书屋
○ 指导教师: 曹倩倩

山东／张涵月 绘

倾听梦中的心声

刘 凡

　　窗外秋雨连绵，滴滴答答，像被秋风牵着手，温柔地叩响书屋的窗棂，又仿若那来自心灵深处的呼唤。我静坐窗前，橘黄的光柔和地洒下来，落在那一个个充满血与泪的红色故事上……

　　书页翻动，流转了百年时光。百年前，南湖红船上的光芒撕破了笼罩中华大地的漫漫长夜，一群斗志昂扬的中国共产党人，也是在这样一个夏天，在波光粼粼的湖面上写下了他们的誓言，那是他们的梦。我认真聆听着党的故事，跨越时空，在风雨中，侧耳细听他们的心声……

　　雨淅淅沥沥地下起来，透过书页，我仿佛看到了渣滓洞外，雨点无力地砸落在墙壁上。洞内一片昏暗，借着从窗户射进的光线，烈士就义前的从容映入眼帘。只是这从容中还有难以言状的憧憬与忧伤。我看向他的眼睛，静静地凝望着。他的眼角荡漾开细碎的笑意，眼神中是令人捉摸不定，但能感到温暖、坚定而有力量的东西。透过他的眼睛，我仿佛看到了他为新中国成立而喜悦和不能继续为人民服务的遗憾，还看到了他对自己五岁儿子的愧疚和期望。于是，透过微弱的光，我看到他用生命的最后一点力气，在墙壁上写下对孩子最后的嘱托和期盼。"愿你用变秋天为春天的精神，把祖国的荒沙，耕种成为美丽的园林。"他满怀热血，留下绝笔《示儿》。他心系祖国，嘱托孩子完成他未完成的夙愿。墙外，雨点砸向墙壁，比先前更密集，更猛烈，仿佛在做最后无言的抗争。

夜阑人静，此时无声胜有声。我把手放在冰冷的墙壁上，于无声中感受雨声，我读懂了梦中的心声：扎根祖国，扎根荒漠，用变秋天为春天的精神，让祖国的地更绿，天更蓝。

雨越下越大，强劲的风翻动书页呼啦啦地作响，我不由得想起毛主席曾写下的名句："钟山风雨起苍黄，百万雄师过大江。"南京城即将被攻陷，百万雄师横渡长江，即使风雷激荡，也依旧能红旗漫卷。1949年10月1日，新中国的成立，终于开启了一个新的纪元。泱泱华夏，在风雨中受挫，从风雨中走来，于风雨中奋起。在中国共产党的领导下，亿万同胞团结一心，众志成城，只因我们有一个共同的梦。我抬头仰望五星红旗，于赤子之心中感受风雨壮阔。我读懂了梦中的心声：为中国人民谋幸福，为中华民族谋复兴。

窗外的雨声渐渐小了，风也慢慢柔和了。轻轻翻动书页，我听到了狱中方志敏对"可爱的中国"的憧憬与向往。"我们相信中国一定有一个可赞美的光明前途。""可爱的中国"成为他在狱中的光，那是他的梦。在狱中饱受苦难的方志敏，用生命写就了对"可爱的中国"的热望。我凝视着那热切的文字，于祖国大地上感受风雨后的晴朗。我读懂了梦中的心声：国富民强，国泰民安。许你一个"可爱的中国"，一个更加"可爱的中国"。

　　我听见百年来，他们的梦是坎坷的、曲折的，亦是乐观的、坚定的。我知道他们的梦不飘浮在空中，不踟蹰在脚下，而是在他们手中紧握着，不断赓续着，一代又一代。多么幸运啊，我们的梦也都紧握在自己手中。曾有人说："无数共产党员和革命先烈用生命垒成的高度，成就了我们今朝平视世界的角度。"今天的我们，站在"两个一百年"奋斗目标的交汇点，眼中有光，心中有梦，不忘党恩，紧跟党走，"纵有疾风起，人生不言弃"。

　　望向窗外，雨已经停了，叶间的雨珠滴落下来，发出叮咚悦耳的音乐，又像是他们在呼唤："为天地立心，为生民立命，为往圣继绝学，为万世开太平……"

　　我明白，这是书里跨越百年的梦的心声……

○ 学　　校: 山东省汶上县第五实验中学
○ 指导教师: 李　姣

我们都是追梦人

李茜茜

每个人都有自己的梦想。经历疫情之时，有人想做逆流而上的白衣天使，救死扶伤；看到抗美援朝的画面时，有人想做扛枪上阵的战士，保家卫国；听到神舟飞船发射成功的报道时，有人想做令人艳羡的航天员，遨游太空！在我很小的时候，我的心里就埋下了一颗梦想的种子：我要当一名作家。

"读书破万卷"，我在历史典籍中了解了中华五千年的历史，在唐诗宋词中读懂了文人风骨，在古典名著中感受到了中华文化的博大精深。我出生在一个偏僻的小村庄，这里没有高楼大厦，没有繁华的街道，没有精美的店铺，更没有藏书万卷的图书馆，但有一隅之地，却是我魂牵梦绕的地方。在那里，我如饥似渴地汲取精神养料，充沛我空虚的灵魂。那是什么地方，如此神奇？那是小小的农家书屋。

暑假，是一段漫长而又快乐的日子。每天写完作业，我没有把自己大把的光阴浪费在聊天儿、刷手机上，而是来到了那一方精神营地，翻开那神奇的书页，嗅那淡淡的墨香，经受灵魂的洗礼。书屋不大，但氤氲着浓浓的文化气息。小屋里有老人，有孩子，还有很多像我这样喜欢书的青少年。不论老少，不论是否能完全读懂，他们的神

情都那么专注，旁若无人。我捧着一本党史书，翻开一页，眼前浮现出李大钊等老一辈无产阶级革命家为拯救国家与人民而奔走呼号、组织建党的画面。随着书籍一页一页地翻开，党的历史就像一帧帧画面展现在眼前。党的儿女，为了新中国赴汤蹈火，甚至献出了他们年轻的生命。"离家还是少年身，归来已是报国躯。"每每想至此，我的眼泪都不禁流下来。

我是林州人，当然得了解家乡的历史。我寻到地方志，了解到曾经的林县"十年九旱，水贵如油"的历史。看着林县的故事，我的思绪也飘出了很远很远。从前的林县十分缺水，老天爷不下雨，土地里长不出庄稼。林县人齐聚在太行山上，发出一声声惊天动地的呐喊："老天爷啊，你是不是要旱死林县，渴死太行啊！救命的水啊，你在何方？你在何方？"呐喊声回荡在太行山间。不，不，林县人不是这样的，这不是林县人的命，这不是山里人的倔强。

小推车啊推呀推，钢钎啊打呀打，绳索啊放呀放，炸药啊响呀响。千仞绝壁，巍巍太行，林县人穿梭其间。一次次肩挑手扛，一次次翻山越岭，林县人重拾信心，铆足了劲儿，向前冲！山开了，渠成了，水来了。林县人打赢了这场仗。通水的那天，所有的人都在翘首期盼，那哗啦啦的水流声漫过红旗渠，漫过人心间。林县人笑了，林县的山水也笑了。多少林县人牺牲在这场"战斗"之中，多少林县人为修建红旗渠而落下终身残疾。哪有什么岁月静好，只不过是有人在替你负重前行。他们的事迹将永远被我们铭记在心。红旗渠在地上，红旗渠在天上，红旗渠在我们心中。想到这里，我为林县人修渠的壮举而感动，又被林县人自力更生、艰苦奋斗的精神激励着。其实我们的人生何尝不是如此，只要我们坚定信念，不懈努力，就一定能战胜困难！

　　农家书屋虽小，却是我梦开始的地方。这里是起点，但绝不是终点！我们都是追梦人，我希望跟我一样有梦想的人能够携手并肩，一起到达成功的彼岸！

甘肃 / 马海云 绘

○ 学　　校：河南省林州市河顺镇第二初级中学
○ 书　　屋：河南省林州市河顺镇东皇墓村农家书屋
○ 指导教师：李艳霞

圆梦书屋

刘欣雨

听说在一个满是花儿的地方，有一个梦的国度……打开那扇小小的门，映入眼帘的是无数智慧的结晶，走进去，就仿佛走进了知识的海洋，走进了一个新的世界……

这天，外面下着小雨，我来到村里的农家书屋，同我一路的是我的朋友。农家书屋虽然没有城里的图书馆那样宽敞明亮、大气豪华，但是它有着自己的温馨和质朴：长长的桌子下是一把把椅子，两旁的书架上摆放着整整齐齐的各类图书。

我拿了一本《朝花夕拾》，找了个靠窗户的位置坐下。窗外的桂花香气四溢，不由得令人陶醉！《朝花夕拾》是我最喜欢的鲁迅先生的一本著作，收录了鲁迅先生回忆童年、少年、青年时期不同生活经历和体验的文章。这本书一共收入了十篇作品，每一篇作品都反映了旧社会的黑暗和人民的疾苦。让我记忆尤深的一篇作品是《范爱农》，记叙的是作者在日留学和回国后与范爱农接触的几个生活片段，描述了范爱农不满黑暗社会、追求革命，辛亥革命后又备受打击迫害的遭遇，表现了鲁迅先生对旧民主革命的失望以及对这位爱国者的同情与纪念。

"小姑娘，你晓得一种像我们这种识字儿不多的农民看得懂的书吗？"声音很微弱，我看向一旁，原来旁边还坐着一位看起来五六十岁的男人，他穿着一件深蓝色工服，衣肩上有两个小洞，还有已经干了一半的泥土，浅蓝色长裤都卷到了膝盖上。我立刻回答他："您喜欢看什么类型的书籍啊？"男人思索了一下说："我也不晓得有啥类型的书，只要我看得懂就行。""或许这本书您会喜欢。"我从书架上拿了一本《红星照耀中国》递给他。他激动地说："我的小儿子在读初二，每天晚上放学回家都在看这本书，看完还讲给我和他妈妈听。他说这本书很好，里面有毛主席啊、周总理啊、朱德啊这些伟人，他也想成为像他们一样的人……"男人微弱的声音也藏不住他内心的喜悦。

我不禁感叹，我们现在的美好生活是有人为我们负重前行，是革命先烈抛头颅、洒热血换来的。在革命时期，这些革命先烈的生活条件是异常艰苦的，红军在爬雪山过草地时，食不饱穿不暖，但凭借顽强的意志艰难渡过难关，最终取得了革命的胜利。这只是众多革命事迹中的一个，但它让我深深地体会到了革命先烈的伟大。他们艰苦奋斗、百折不挠的精神品质值得我们学习！

○ 学　　校：湖北省黄梅县八角亭中学
○ 书　　屋：湖北省黄梅县黄梅镇刘大村农家书屋
○ 指导教师：於　欣

岁月失语　唯书能言

池佳慧

　　不忘历史，吾辈当自强。我热爱书籍，因为书中的英雄像黑暗中熠熠生辉的星光，光辉英勇，万中无一，总在逆风前行。我想这些总不会真的出现在现实中，而只能在书中领悟。

　　不，我错了。一次偶然的机会，我来到村里的农家书屋。眼尖的我一眼看中了摆在书架顶层的《新青年》，因为那段时间，我们在学习"五四运动"。本着好奇心，我从书架上抽走了它。我拿着书，兴高采烈地回到家。我细致地翻阅每一章。在那个多数国人精神面貌没有发生根本改变、春节期间依旧贴着"帝德乾坤大，皇恩雨露深"的时代，陈独秀先生率先举起了"民主"和"科学"的旗帜，号召青年争取平等自由，以科学的方式认识事物。当然《新青年》里不只有陈先生，毛泽东、鲁迅、李大钊等人也在其中。

　　令我印象最深刻的是李大钊发表的《青春》和陈独秀的《答顾克刚》。在《青春》一文中，李大钊强调要寄希望于青年，号召青年冲决过去，突破历史思想的禁锢，背黑暗向光明，为人类造福。这种思想深深触动了我。而在《答顾克刚》中，陈独秀先生的一段话吸引了我，"若夫博学而不能致用，漠视实际生活上之冷血动物，乃中国旧式之书生，非二十世纪新青年也"。当时如果人人刚愎自用，不为国家献上自己的才能，何来共产主义，何来新中国？而当下我们这些新时代青少年更应用毕生之才学，为国家尽力。少年强，则国强！

先辈们生逢乱世，命运如蝼蚁般，但他们心向阳光，他们是真正的英雄。他们身上是国家，他们坚定地相信，只要民众觉醒了，中国就有希望。他们挥笔写下历史，写下新思想，在那个时代挥舞着希望火炬。陈独秀先生说他们"一手托着国格，一手托着真理，丢掉了哪个都是对这个国家的犯罪"。是啊，他们是那个时代共产主义思想的领路人。

"泱泱华夏，千古八荒，峥嵘岁月长，天地存肝胆，江山阅鬓华。"我们生活在最好的时代，理应自强。

这本书太小了，装不下先辈们崇高的信念，但是它记录了那浩荡前行的漫漫路程，它告诉我们不是"停刊"，而是"待续未完"。这里历史的重担薪火相传，这本书也将由我们来续写。我们将接过红色的火炬，谱写新的青春华章！

○ 学　　校: 湖南省炎陵县霞阳镇三河中学
○ 指导教师: 余辉明

红星照吾心

林楷语

  雨后的乡村笼罩在一片薄雾之中，瓦片上的水珠不时顺着屋檐缓慢滴落。一路走来，我不禁惊叹于这几年农村的快速发展，整个村子的道路都铺上了沥青水泥，村民的房屋都统一了色调，墙上画着与潮州文化相关的图案：工夫茶、潮绣……白鹭池里荷花相互簇拥，荷叶也成了白鹭的栖息玩耍之地。这真是一幅美丽的田园画卷。道路的尽头，就是农家书屋了。推开门，淡淡的书香迎面向我扑来。书屋的摆设错落有致，整洁明亮，显得十分温馨。

  我在书柜上拿起一本《红星照耀中国》，轻轻翻开书。不觉间我仿佛缓缓走入了80多年前那处于乱世风云中的旧中国：作者斯诺先生在中华民族危亡关头来到中国，是的，他从不相信外界对红军的一切流言蜚语。于是，带着对于中国共产党及红军的一系列疑问，他无所畏惧地踏上延安这片红色土地，去探求红军的真面目。他与红军战士们生活在一起，实地采访了许许多多的红军将领和战士，寻访过当地老百姓，也去过抗战的最前线，亲眼看过那些为了国家甘愿牺牲流血的勇士们。在斯诺先生看来，红军是坚韧不拔、不怕牺牲、爱国爱党爱人民的英雄战士。中国共产党的领袖们更是一颗颗闪亮的红星！没错，斯诺先生明白了，中国的土地上之所以能够永远闪耀着红色的火焰，关键在于中国共产党人那闪烁着崇高理想的光芒，那洋溢着向往美好生活的激情，那燃起的对击败困难的决心。正是这些不断指引中国前进在追寻美好未来的道路上。

此刻，我难以抑制自己的情绪，泪珠在眼眶里顽强地打着转。泪水渐渐模糊了视线，脑海里浮现出那一幕幕红军战斗的艰难景象。大渡河上，河水奔腾咆哮，势不可挡。敌人的子弹宛如狂风般呼啸而过，穿过茂密的树林射向红军。但一批批红军战士气宇轩昂，相继而上，无畏枪林弹雨。每一位战士的心中都燃着一团团永不熄灭的火焰！草地上，荒无人烟，风雨浸衣，战士们用野草树皮充饥。荒原上仅留下他们那坚定的步伐。是啊！这就是那永不磨灭的红军信念！虽面临绝地，但能令他们绝处逢生！

书篇翻页，故事完结，放下书，走出书屋，我的眼前不禁浮现出中国的漫漫崛起之路：从新中国的成立，到原子弹的成功爆炸、载人飞船的顺利升空、抗击新冠肺炎疫情的众志成城，再到全面建成小康社会……农村不再是以往脏乱差的代表。如今，农村人口全部脱贫，山区小孩儿也能在环境优美、教学设施先进的教室里学习，享受和城市一样的教育。"社会主义新农村"也成为人们休闲娱乐的好去处。我们打赢了脱贫攻坚战，中华民族千百年来的绝对贫困问题得到历史性解决。这是我们取得的举世瞩目的成就，也是党交给人民的一份答卷。这一切都证明中国共产党的伟大，就是这样一个优秀的政党带领着全国人民走向幸福美好的生活，引领着中国逐步走向繁荣富强。今

年恰逢中国共产党成立100周年，这是令人感慨的时刻。如今的中国，不再是旧时代那个受尽欺侮的弱国，中国在崛起！在进步！在屹立！璀璨星光红遍整个神州大地，世界将目光聚焦于我们，这是属于中国的时代。在这里我们更该感谢的是那些曾经为创造这个美好时代而前仆后继、英勇奋战的中国共产党人。因为他们，我们才有如今姹紫嫣红的春天！

此时的我们，正处于青春美好的年华，祖国的未来，掌握在我们的手里。未来的我们，也必将走在红色的道路上，继续将红色精神发扬光大，势必让红星照耀全中国，闪耀全世界！

少年强，山河壮！在这个金色的年华，我们郑重许下诺言：

"请党放心，强国有我！"

让我们期待吧！让我们努力吧！我们一定能够建成一个更加美好的中国！

○ 学　　校: 广东省潮州市湘桥区城西中学
○ 书　　屋: 广东省潮州市潮安区归湖镇狮峰村农家书屋
○ 指导教师: 余雪毅

重庆／刘欢 绘

农家书屋，助力我"逍遥"

代旸溢

"丁零零……"铃声敲响的那一刻，一个学期就这样结束了。时间过得真快！

七月的天空蓝得彻底，阳光闪耀，前方的建筑在热浪中已显得扭曲。我踏上了回家乡的路。大巴车一路上摇晃颠簸，车窗外还在修着路，细沙黄泥土随风飞舞。大巴车一如既往地保持着速度，窗外熟悉的房子、树木、大山慢慢地后退着。我忆起那川，是水流在飞奔，与石头相撞，有一种震撼，但也带着一股柔劲。

奶奶知道我要回来，早早把房间打扫干净，还准备了许多我爱吃的乡土特产。我每年假期都会回来陪陪奶奶。"妮儿，你是咱们逍遥村飞出去的金凤凰，你要好好读书。"奶奶每次见到我都会说这句话。爸爸不争气，在我读小学的时候，丢下全家老小，失踪了很多年。我是由奶奶带着在村里读完的小学，妈妈外出一边打工一边找爸爸，但至今还是无法找到。奶奶一直独自住在村里，我是她唯一的孙女，自然成了她最大的盼头。

奶奶说："妮儿，农家书屋这个假期招义工，不限年龄，你想去吗？""想呀，怎么不想呢。如果没有农家书屋，可能我都飞不出逍遥村呢。"我高兴地叫了起来，急着就要马上去报名。奶奶说："你就是个急性子。现在用不着去现场报名，村里有个微信群，在群里报名就行了。"奶奶竟然也知道"微信"这样现代的工具，真的太让我吃惊了。现代的科技也走进了农村，走进了老人的世界里。真是厉害了，我的国！我已按捺不住内心的激动。我想，有了农家书屋，逍遥村也有任人逍遥的世界了。一切都在变好，青山相环，绿水流淌。

报名很顺利。第二天我就开始"工作"了，上午八点半要到农家书屋进行签到。早晨的阳光很温暖，微风中带来新翻的泥土气息，还混着各种青草野花的香味，让人闻起来好不惬意。

又一次进农家书屋，我发现它和几年前相比没多大变化，只是书架上的书更多了。有四个大书架在右边，是木质的，排得整整齐齐，每个书架上都有三盆绿萝。书桌和椅子都是靠着左边的墙，尽头还有几个小书架。管理员领我去主台，拿志愿工作服。她很温柔地说："代旸溢同学，你负责图书的放置和清洁工作，还有管理小朋友的纪律，一天也不是很累，休息时可以看看书。"

一缕缕阳光从窗户照进来，微尘在阳光中舞动，四扇窗户的窗帘都被另一个管理员拉开，霎时间农家书屋里明亮了起来。九点开的门，前来阅读的人轻轻地走了进来，戴口罩，测体温，都是非常配合的。图书分为政经类、科技类、少儿类等六大类，我按分类和标签上的序号来还放，放的次数多了，便了解了整个农家书屋的书的位置。书可以属于任何人，但总有一个位置是属于它自己的。站在少儿类的书架前，看着我曾经阅读过的《钢铁是怎样炼成的》《大卫·科波菲

尔》《走出黑暗》《中国好故事》《也说李白杜甫》《茶花女》《假如给我三天光明》……我的脚步久久不愿移开，热泪涌了上来，又勾起了我的回忆。

五六年前，我当时读小学四年级，由于父亲失踪，整个家一下子陷入了无底深渊。从奶奶和妈妈的碎碎谈话中，我知道爸爸可能误入了传销陷阱，失踪了。整个家陷入了悲痛和凄凉之中，再加上村民们议论纷纷，我们出门都觉得抬不起头来。我也陷入了深深的痛苦中，迷惘、失望、痛苦的情绪伴随着我。幸好有一天语文课，老师把我们全班带去农家书屋上阅读课，并告诉我们，书是我们了解外面的世界、打开我们心灵世界的最好老师，鼓励我们多看书。从此我就爱上了农家书屋。那一段阴暗的日子里，除了上课，我就是往这间农家书屋里跑。

从李白、杜甫、海伦·凯勒、奥斯特洛夫斯基等作者的曲折人生经历中，我学会了坚强、不放弃；茶花女、大卫·科波菲尔、保尔·柯察金等一个个鲜活生动的形象让我陶醉，让我钦佩。阅读的书多了，我心中的世界也变得开阔起来。我成为那个小山村里同龄人中的佼佼者，飞出了山村，飞进了城里读书。感谢农家书屋，让我成长，让我逍遥远行……

九点多钟开始，陆陆续续有小学生来看书。我想他们多数也是人们眼里的留守儿童，他们能够在假期移步走进农家书屋，这一点已经说明他们还是喜欢读书的人，还是有梦想的人。这时，我的工作是管理小朋友的纪律。农家书屋是不允许嬉戏打闹、大声喧哗的。我对他们总是很有耐心，进行适当的提醒。我看到那一个个朴实憨厚的小身影，仿佛看到了当年的自己。我总忍不住走过去，推荐一些书给他们看，或介绍一些书的内容给他们听，做他们的"引路人"。我希望他们也能通过农家书屋爱上读书，放飞自己的梦想，而不是沉迷手机游戏，荒废了学业。

下午，有几个老人坐在靠墙靠窗的一边，戴着老花镜，静静地看书。老人拿起书的那一刻，就已经飘飘扬扬地进入了书中的世界，感受不到一切外界的纷扰，一坐便是一下午。"农村·书屋·老人"，这也是一幅绝美的画面。

杨绛先生说，读书的意义大概是用生活所感去读书，用读书所得去生活。弹指间，光阴飞逝，书一直都是治愈心灵的良药。

"问渠那得清如许？为有源头活水来。"书中的知识能够跨越时间，与我们的灵魂融合在一起，历久弥新，更显价值。这是农家书屋给我上的一课。

农家书屋就是一个神圣的殿堂。走进农家书屋，走进书的海洋，一个人就会被治愈，被温暖，被释放，被解救。

○ 学　　校: 广西壮族自治区钦州市第五中学
○ 书　　屋: 广西壮族自治区钦州市钦北区小董镇逍遥村农家书屋
○ 指导教师: 黎翠红

三更有梦书当枕

占秋双

"好好读书，书中有梦想，笔下是未来。"这句话可以说是我们农村孩子最应该明白的一句话了。

小时候，妈妈的嘴边总是挂着一句"不好好读书的话，你以后就只能像我们一样辛苦了"。这句话从儿时起我就一直听着，天刚蒙蒙亮，爸妈就已起床时，我"听"到过；烈日当空，爸妈却还在田地里劳作时，我"听"到过；月牙升起天已暗，爸妈刚刚归家时，我"听"到过。这句话陪伴了我14年的人生。我知道，只有读书才有改变，才有梦想。

记得有一次，穿着破旧的妈妈站在我的面前，左手拿着我的作业本，右手拿着铅笔，皱着眉头，思考着题目的解法。片刻后，妈妈紧了紧握着笔的手，跺了跺脚，把作业本和铅笔还给了我，说道："妈妈不知道，上学后再去问老师吧！"当时的我正急得像热锅上的蚂蚁，看到妈妈就如同看到了救星，谁知却听了这话，就像当头一盆冷水浇下来。我无比确定，当时我的表情一定很失望。我不死心地又说道："可是一会儿到学校就要交了，你……"还没等我说完，妈妈就被爸爸一句"快点儿，辣椒苗还没种完呢"叫走了。走时，妈妈还饱含愧疚地看了我一眼。

思绪回笼，看着眼前的书，我定了定神，聚精会神地品读起来，这还是妈妈陪我看的第一部书呢！

"滴答，滴答……"一串小珍珠滴落在我眼前的书上，把沉浸在书中的我惊醒了。窗外密集的雨滴，近乎形成了透明的帘幕，轰隆隆的雷声，真的让人耳膜生疼。雨势之大，吓得我赶紧把窗户关上。这时，书屋里面除了管理员已是空无一人，应该都赶回家收衣服了吧。想到这儿，我转身来到书屋门后，幸好，还有两件雨衣在。看了看屋内的挂钟，下午五点，要回家做饭了。我赶紧拿起雨衣披上，就往家里赶。一进家门，我就看到了穿着简单、扎着丸子头、手里端着菜、站在厨房门前的妈妈。"愣着干什么？快去洗手，吃饭了！"妈妈的声音惊醒了我，我匆匆应了声，去洗了手，再到房间把从书屋借来的书放下，就向厨房走去。

半小时后。"怎么还在看这本书呢？"这突然出现的声音，差点儿把我惊得一跳三尺高。抬头一看，妈妈啊！"妈，下次走路大声点儿，别老吓我。"我边说边把书放在桌上，继续说道："这本书好看呗，还能是什么原因？"一听这话，我妈当场就不同意了，撇撇嘴说道："喜欢也要多看点儿别的书啊，比如一些名著啊之类的，还有啊，多去书屋看看书！""知道啦，知道啦！""好啦，你妈我啊，就不在这儿唠叨你了。"说完，她就自顾自地走了，走前还顺手把我的书塞到了桌肚里。见她走了，我喝了杯热水，再次掏出书翻开。

在我看来，书是人间的温暖，书是历史长河中璀璨的明珠，比烟

火更绚烂。我看过的书虽然很杂，但正如高尔基所说，"书籍是人类进步的阶梯"，每一本书都给我带来深刻的影响，每一本书都让我学到了宝贵的知识和做人的道理。如"极度自律"的乔侨，高中时，因为父母的关系在日本留学，每天最常做的事就是看书。他说过"学习是学生的责任"，还说过"抱歉，我没时间，我才复习了15次"。他的种种言语，当初看时我只觉得不可思议，现在想想，这可能就是他有一个好的未来的原因吧。

再如，《傅雷家书》中的傅雷，正直严谨，一丝不苟。在书中傅雷用自己的经历现身说法，用自身的人生经验教导儿子"待人要谦虚，做事要严谨，礼仪要得体；遇困境不气馁，获大奖不骄傲"。确实，这是一个人应该做到的，更是一个学生该学习的，这不仅是做人的道理，更是一个有教养的人该具有的品德。

晨曦微露，耳边又传来了妈妈的殷殷嘱托。鸟儿声声，花香阵阵，书香缕缕。睁眼一瞥，书在枕边，放飞梦想，实属人生一大幸事、人生一大乐事！

○ 学　　校: 海南省东方市四更初级中学
○ 指导教师: 翁振银

旮旯犄角的书屋

朱玉涵

"涵涵啊，我的小小图书管理员，周末放假一定要回来哟呀，外公给你讲故事啊。"一听这话我就知道，肯定是家里又到新书了，需要我这个搬运工加图书整理员回去收拾收拾。

果然，外公所在的农家书屋又到了一大批新书，我惊奇地看到了《陈独秀家族：独立风雨中》《红星照耀中国》。没等我回过神儿，外公已经将我的工作安排上了。"那几本养殖手册啊，放在第二个书架，从下往上数第二个书柜！对，矮点儿好，大家好取好放。"只见他戴着老花镜，对照着书单，看着书柜，有条不紊地安排着。

"王老师，不得了了，有几个鱼儿翻白肚皮了。借本养殖手册呢，字大点儿的才好哈！老咯，眼睛不管用咯……"

"天热了撒，增氧机开起没有？分塘没有嘛？鱼苗密集了不？"外公活像个养鱼专家。每到周末，聊养殖技术的，看病的，借书的，外公家可谓人来人往。此时他就成了大忙人，一边登记借阅名单，一边还得把脉开药。他是村里的名人，无论老少都亲切地称呼他一声"王老师"。事实上年过七旬的他从未教过书，只是一个赤脚医生。自2007年国家开始实施农家书屋惠民工程后，他又多了一个身份——

农家书屋管理员。

　　来借书的是李大伯，他的故事，早就在十里八乡传开了。以前他听人说养鱼挣钱，和李大婶一合计，把积蓄一股脑全拿了出来，租了几块水塘，搞起了淡水鱼养殖。头两年没经验，养的鱼成活率不高，李大伯赔了本。后来国家开始进行政策扶持，通过提供无息贷款和无偿技术指导来支持广大农民返乡创业，他没有犹豫，抓住良机，加入了创业大军。有了失败的经历，加上自己勤奋好学，短短一个月的时间，他硬是把农家书屋里的养殖手册看了个遍。综合利弊后，他最终决定做起观赏鱼养殖，结果不到三年的时间就把观赏鱼养殖做得有声有色。

　　我赶紧给大伯拿来了他要的《锦鲤的养殖与鉴赏》。一见我，大伯非得让我给他读读手册上的内容，顺便去看看他养的鱼。盛情难却啊！一路上，从大伯欢快的言语中，我知道，他养鱼的效益肯定好。刚到池塘边，我就惊呆了："李大伯，你哪里是养鱼啊，这完全是在打造网红打卡地。""啥叫网红打卡地？"大伯不明所以。听了我的解释后，大伯笑得更大声了："涵涵，那我这儿就算个网红什么地吧，欢迎大家来观赏，哈哈……"

　　几亩池塘被田埂分隔开来，田埂上修着仿古的围栏，周围开满了格桑花，池塘高低错落，有的池塘边还安放了几副石桌和荷叶状的石凳，池塘里开满了荷花，鱼儿在河里穿梭……远处传来一阵嬉戏打闹的声音，原来是一群来这里观光旅游的小朋友。大伯趁着乡村旅游的东风，开起了农家乐，农家小院里升起了袅袅炊烟。这不正是大伯蒸蒸日上的幸福日子吗？

"涵涵，别小看你外公哦，要不是他提点，我创业要走不少弯路哦。""李大伯，我外公不是个医生吗？他又不懂养殖！"见我满脸的疑问，李大伯耐心地说道："你外公才是行家哦，鸡鸭鹅鱼的养殖，但凡是书屋里有的手册，他都烂熟于心。他是医生，不仅医病是一把好手，还医心嘞！你看，刚才我那个心病，他是不是三言两语就给我医好了呢？"听了李大伯的话，我对外公的敬意又多了几分，也重新认识了这份"图书管理员"的工作。

对我来说，这位"王老师"只是我的外公。他管理的农家书屋却是我的乐园，更是乡村的智慧园。这个面积虽小，但常年混合着药香和书香的书屋，承载了我对于未来的梦，承载了乡亲们对于美好生活的追求。

○ 学　　校：重庆市南川区书院中学校
○ 书　　屋：重庆市南川区白沙镇井泉村农家书屋
○ 指导教师：王雪莲

江苏 / 戚俊杰 绘

读书点亮心灵，书香润泽人生

覃诗莹

早晨的第一缕阳光亲吻着我的脸颊，微风中夹杂着桂花浓郁的香味。原来，昨夜下了一场桂花雨。我真想躺在桂花地毯上，可我不愿把脚印留在上面，我想在心里送一个吻，送给桂花雨。

陶醉……沉醉……忘怀……

达川区石桥镇永进社区办公室外面干净的坝子里，四周种了许多桂花树，有淡黄色的，也有橘黄色的。微风在夜里忙碌着，摇曳着。带着桂花的香味，我又一次走进了永进社区农家书屋。整个书屋充满了古韵，散发着木头的香味。长长的书桌整齐地排列着，靠背椅一个挨着一个，在阳光的照耀下，显得更加干净。书柜里整齐地排列着各种各样的书籍，分类十分明确，有政经类、文化类、科技类、生活类、少儿类和综合类。实木制成的书柜上雕刻着梅花图，古朴典雅。墙壁上有几句显目的标语，"读书成就梦想，知识创造未来""读书求真，读书向善，读书安心""致富先读书，读书到书屋"和"书籍是人类进步的阶梯"。墙上还挂着松、梅、竹、菊四幅水墨画。

窸窸窣窣的翻书声吸引了我。在角落里，一位年过古稀的白发老人，戴着老花镜，陶醉在书里，嘴里不时地轻轻念着。走近一看，原

来他正在品味中国古代第一才女李清照的词作。老人说，他小时候特别想看书，但家里穷，未能如愿。现在，党和政府十分关心农村的文化建设，农家书屋给了他看书的机会，圆了他的读书梦。从他的谈吐和见识来看，我猜想他应该不是普普通通的农民。一打听，原来他年轻时当过村文书。

是的，全面建成小康社会，共筑中国梦，党和国家的政策一再向农村倾斜，不得不承认，我们是幸运的一代人。一年级的时候，老师上课只有一本书、一支粉笔，所有的知识传播都只能靠一张嘴。而现在，我们的教学硬件设施完善，学校为老师配备了专用"小蜜蜂"和无尘粉笔。每个教室都安装了多媒体设备，老师用幻灯片上课，画面生动，还可以播放视频，让我们身临其境，化抽象为生动。学校还配备了阅览室、音乐室、美术室、生物实验室、心理健康室等，促进我们德智体美劳全面发展。

院子里的脚步声打断了我的思绪，乡亲们纷至沓来，给书屋增添了温度。他们各自选了一本自己喜欢的书，坐在舒服的椅子上，沉浸在书里。也有小声交流的，声音时高时低，时而露出惊讶的表情。王志国爷爷是带着他的小孙女一起来的，他认不得多少字，挑选了一本《农家生活小窍门》，孙女耐心地给爷爷讲，他频频点头。

我挑选了一本《最美逆行者》。一篇篇动人的故事，一个个英雄的名字，一份份责任与担当，一颗颗赤子之心，都让我颇为震撼。他们挑战身体的极限，他们医者父母心，抒写了一个又一个奇迹。书中那紧张的气氛，又把我带到了2020年的春节，那个充满恐惧气氛的春节。除了生命安全外，家长最担心的是延迟开学会影响我们的学业。"停课不停学"，线上教学立即启动，老师们精心备课，克服各种困难，耐心地讲解。有时候网络不稳定，一个问题老师要讲几遍。批改作业更是很吃力，眼花缭乱是常有的。没有按时上课的同学，老师会给父母打电话，问明缘由。"春蚕到死丝方尽，蜡炬成灰泪始干"，老师们在疫情防控的后方默默地奉献着。

想起近日所学的艾青的《我爱这土地》里"为什么我的眼里常含泪水？因为我对这土地爱得深沉"；想起范仲淹的《岳阳楼记》里"先天下之忧而忧，后天下之乐而乐"，他们忧国忧民，有着一颗炽热的爱国之心；想起毛泽东的《沁园春·雪》里"俱往矣，数风流人物，还看今朝"，那是怎样的雄心壮志。

感谢党和国家重视农村文化建设，感谢新农村建设，感谢无数有担当的人为我们撑起一片蓝天。感谢农家书屋，让我们在知识的海洋里遨游，让我们蜕变。我将志存高远，不懈奋斗，学有所成，回到故里，建设家乡，尽忠报国。

○ 学　　校: 四川省达州市达川区永进学校
○ 指导教师: 李　清

农家书屋里的美好时光

廖益会

母亲常说她小时候的生活很艰难。这艰难，却是我难以理解的。从我记事起，生活就如此美好。我是一个不好动的女孩，十多年的成长中，陪伴我的，除了母亲，就是我家附近的农家书屋。

书屋坐落在我们村委会边上，是一间不大的屋子。书屋离学校也不远，每天放学，当其他同学都着急回家时，我却背着书包进入书屋，从书架上抽出一本书，找把靠窗户的椅子，静静地，懒懒地，让阳光慢慢流淌在身上。这样的悠闲一直延续到背后出现声音："谁家的小女孩，那么晚了还不回家，可怜啊！"说这话的准是母亲，母亲已做好饭，来接我了。路上，母亲提着书包，我一边走一边给母亲分享我今天看书的内容。

书屋里书的品类很多，有农业技术类，有文学作品类，还有科学科普类，等等。这些品类中我最喜欢的是文学作品类。我的大部分课余时间都留在了这里。在书屋里，我知道了老舍，知道了茅盾，知道了冰心。他们的作品让我沉浸在美好的意境里，忘记了时间的流逝。来到书屋，一切都是如此美好。

每天来书屋的还有我最好的朋友，我俩的熟识得感谢这书屋。我俩不读一班，以前并不认识。那天，我打扫卫生放学晚了，书屋里的座位几乎坐满了，一个陌生的声音叫我过来坐。我俩一起坐了好久，并成了最好的朋友。母亲来接我，我邀请她去我家，母亲给她父母打了电话。吃饭的时候，我俩忍不住继续讨论。我俩讨论《金色的鱼钩》，讨论《卖火柴的小女孩》，这些都是从书屋里的书上看来的。母亲也加入了讨论。"皮带真能吃吗？""牛皮做的，当然能吃，不过味道嘛，应该不好。""妈妈小的时候，你外公有一根，非常结实，束在腰上，妈妈那个羡慕啊。""改天我问外公，皮带还在不，找来煮，我们吃一下。""傻闺女，现在条件好了，不吃这。""是啊，姨，你说卖火柴的小女孩生活那么凄苦，可是我连火柴都没见过。"后来，来接朋友的父母也加入了聊天儿。夜深了，我家中爽朗的笑声还没有停歇。这就是我们的生活，快乐的生活。

就这样，放学后，有两个形影不离的小伙伴，一起去书屋看书，一起回家吃饭。在这里，我读到了最好的书，认识了我最好的朋友，度过了我最美好的时光。

感谢农家书屋！

○ 学　　校：贵州省石阡县聚凤仡佬族侗族乡初级中学
○ 书　　屋：贵州省石阡县聚凤仡佬族侗族乡廖家屯村农家书屋
○ 指导教师：廖益献

少年梦，就是中国梦

强巴央珍

正如李少白在《中华少年》这一朗诵词中写的"让先辈们的英灵自豪地惊叹：啊！这就是我的中华！这就是中华的少年"，现在的少年以中华为荣，未来的中华将以少年为傲。在抗日战争时期勇敢同敌人做斗争的王璞、张六子等都是小小的少年，都是现在的我们应该去学习的英雄人物。

我们现在正处在和平的年代，那是因为有很多人为我们挡住了风雨，他们中间有很多都是小小的少年。正因为少年们强大，国家才会如此强大。那么强大的少年们为什么会为了国家付出全部，甚至不惜生命？这是因为党和国家关爱他们，让他们这些祖国的花朵竞相开放，装点祖国的万里大花园。

作为中国人，大家应该都很清楚，今年是中国共产党的百岁华诞。同时，作为西藏的少年，我也很清楚，今年是西藏和平解放70周年。在这双喜临门的日子里，我又怎么会忘了西藏现在的发展？西藏少年现在的朝气蓬勃，和党、祖国有着千丝万缕的关系。

有一首歌里唱道："旧社会，鞭子抽我身，母亲只会泪淋淋，共产党号召我闹革命。"是啊，我还听爷爷奶奶说过，新中国成立前，西藏农奴的小孩儿到了八岁就要到贵族的宫殿里干活儿，那些铁石心肠的贵族对着一个不满十岁的孩子一顿毒打，然而孩子的母亲只能在旁边默默擦泪。但就在这时，中国共产党结束了贵族最后的统治，大街小巷都是农奴得到解放的欢声笑语，每一亩土地都被平均划分给了每一个人。从那时起，孩子们能学习了，不用再饱受贵族的欺负。从刚开始的不能上学，到在黑板上写字，再到现在在宽敞明亮的教室里上课；从刚开始跟牲畜睡在一起，到一层楼的小房子，再到现在的高楼和应有尽有的家具，西藏的教育、经济、社会、文化、交通等都发生了翻天覆地的变化，这一切都离不开党和国家对西藏人民的关怀。直到现在，党和国家一直很重视西藏的发展，习近平总书记曾作出过"治国必治边、治边先稳藏"和"加强民族团结、建设美丽西藏"等一系列重要论述。这足以体现出党和国家对西藏的关怀，对西藏未来的关心。

西藏未来的建设要靠现在的西藏少年，中国未来的建设要靠现在的中国少年。少年强则国强，为了祖国的明天而奋斗，为了西藏的未来而奋斗，我们一定要谱写新时代更璀璨的诗篇！

○ 学　　校: 西藏自治区江孜县第一中学
○ 书　　屋: 西藏自治区江孜县江孜镇拉则居委会农家书屋
○ 指导教师: 拉巴仓决

吉林／范芷萌 绘

农家小书屋，村民大世界

任彤欣

别林斯基曾经说过："书是我们时代的生命。"事实上，每个人都离不开书，书就是大海，让我们尽情地遨游；书就是一盏明灯，照亮了我们的未来；书就是甘露，滋润着我们这些幼苗。

我家住在农村，祖祖辈辈很少读书，文化程度最高的是爸爸，也只不过初中毕业。家里也没有什么书籍，唯有几本村里发放的果树栽培的专业科技书。小时候，看着别人经常有书读，我十分羡慕，偶尔借来读一读。但因为别人常常催着要，我往往是囫囵吞枣地阅读，理解得很不透彻。所以，我一直渴望有一个自己能遨游书籍海洋的世界。好在，三年前，村委会建立了一个农家书屋，于是我便成了那里的常客。

农家书屋不大，但很雅致。三间平房里陈列了很多书、杂志、报纸。每到晚上，或者下雨天，书屋里就挤满了老老少少、男男女女，有戴着老花镜的爷爷奶奶，有查阅业务知识的叔叔阿姨，也有认真阅读杂志的弟弟妹妹们。他们或站着或坐着或蹲着，一点儿也不拘束，好不自在。

通常情况下，大人读报纸，或农业专著，当然，也有读小说的；

小孩子则聚集在少儿阅读区，漫画成了他们的最爱；我则倾心于世界名著，往往沉浸在书籍的世界里，神游八方。

这里的书非常多，其中最让我爱不释手的一本书，便是《钢铁是怎样炼成的》。这本书写出了保尔光辉灿烂的一生。保尔是在灾难中成长起来的，早年丧父，自幼家境贫困。他历尽千辛万苦，甚至遭受全身瘫痪、双目失明的厄运，却依然坚持写作，最终创造了人生的辉煌，唱响了生命之曲。读完这本书，其中的一段经典语录使我受益匪浅："人最宝贵的东西是生命，生命对于每个人只有一次。一个人的生命应当这样度过：当他回首往事的时候，他不因虚度年华而悔恨，也不因碌碌无为而羞愧。在临死的时候，他能够说：我的整个生命和全部精力，都已献给了世界上最壮丽的事业——为人类的解放而奋斗。"保尔能够在身患残疾并且没有丝毫写作经验的情况下，用生命写成小说。他将自己融入人民群众之中。而我们，又怎能无所事事呢？又怎能面对困难就选择退缩呢？

我喜欢的书还有海伦·凯勒的《假如给我三天光明》。海伦·凯勒只有一岁时，便失去了听觉和视觉，从此，她生活在无声的黑暗世界里，可是她却能在痛苦中找到属于自己的幸福和快乐——在莎莉文老师的帮助下，这个在痛苦中挣扎的小女孩，以惊人的毅力步入了大学的大门，最终成为一名著名的演说家、一名震撼世界的慈善家和社会活动家。作为一个盲聋人，这实在是不可思议！我最喜欢的是她那句话："假如你有一双好眼睛，就好好地利用它，仿佛它是第一次用，或者最后一次用；假如你有一双好耳朵，就好好地利用它，仿佛它是第一次用，或者最后一次用。"正因为她有这样的想法，所以她珍惜周围的一切，她的心中只有对别人的爱与感激。于是，通过努力，她达到了自己所能达到的最好程度。海伦说，只有聋人才重视自己的听力，也只有盲人才珍惜眼睛明亮的宝贵。对于自己已经拥有的东西不以为意，对于没有得到的东西却极为重视，这也许是人的共性。如果再过三天，你的眼睛就要失去光明，那么在这三天里，你会特别珍惜你的眼睛，你会好好地看看你认为宝贵的东西，以免当你什么也看不见的时候，去后悔和哀伤。海伦是不平凡的，她用微笑来迎接每一天，她乐观、自信、自强，她在这个世界上创造出了一个又一个的辉煌。

两部书的主人公都有自己的梦想。相比之下，我们的民族有复兴之梦，我们的理想则是建立在民族复兴基础之上的个人梦想，所以，我们每一个人都应该为中华民族伟大复兴而奋斗。"少年强则国强，少年智则国智。"现在是民族复兴的黄金时代，我们青少年一定要立志多读书、读好书。周总理曾有为中华之崛起而读书的理想，我们是祖国的接班人，也应该像周总理一样努力读书，挑起时代的重担，为社会贡献自己的一份力量。

这就是我的梦想，而那个农家书屋则是我的梦开始的地方。感谢农家书屋。

○ 学　　校: 陕西省旬邑县职田中学
○ 指导教师: 王拴龙

农家书屋点亮了我的梦

陈　潇

我出生在一个小山村，那里有满山绿树，有烟雨亦有清风，有蛙叫亦有蝉鸣，夏夜里更有满天星斗……那里如世外桃源一般，却是每一个年轻人都不愿但又不得不回去的地方。

每年的寒暑假期，都是我非常痛苦的时候。假期于我而言，意味着我又不得不重新回到我出生的地方——那个连取个快递都要跑到十几公里开外的偏僻小山村。那里，曾是我一度想要逃离的地方。

前年暑假，我又一次不情愿地回到了村里。斑驳的大门用它沙哑的"吱呀"声诉说着苍老与不甘寂寞。我们离开整整五个月了，150个日日夜夜，只留下它在这里，接受着时间的煎熬。"它一定是埋怨我的吧！"

我漫无目的地游走在路上，偶尔能看到一两个老人坐在大门口，睁着浑浊的眼睛看着路上偶尔路过的车辆和人。和老人们打过招呼后，我向村委会门前的广场走去，想着那里是全村的中心，大人小孩儿都爱聚集在那里聊天玩耍，应该会比较热闹一些。到了广场，只见一群大人在跳广场舞，却不见一个和我一样暑假回家的孩子。向旁边的大人们一打听才知道，他们都去村委会楼下的农家书屋看书了。这一消息让我既疑惑又激动。我快步来到书屋，只见一群人正围坐在桌子旁认真地看书。我的内心觉得有点儿不可思议，因为在我的印象里，在这样的小山村里，不要说书屋了，就连课本以外的书都是非常罕见的。

推门而进，这里的一切都出乎我的意料：一排排书被整整齐齐地摆放在书架上，有农业生产方面的，有医学卫生方面的，有社会科学方面的……最终，我停留在文学经典一排，指尖轻轻划过书脊，嘴里念念有词："《红岩》《保卫延安》《铁道游击队》《红日》……"我取出《红岩》，坐在一旁的木椅上，认真地翻阅起来。

从那以后，我开始了在书屋看书的生活。

每天早晨吃完饭，我便叫上村里和我一起在镇上上学的同伴，带上我们的暑假作业一起去书屋。我们在那里写作业、看书，累了就在广场的健身器材上活动一会儿。在书屋里，我读到了很多很多的书，书中鲜活的人物形象以及他们的故事，给我枯燥的暑假生活增添了不少色彩。

在读到路遥先生的《平凡的世界》的时候，我的心被书中人物的遭遇紧紧地揪着。路遥笔下的那个小山村，不就是我现在所在的山村吗？是的，我们已经都能吃饱饭了，我们也不需要穿打补丁的衣服了，但是，我们依然处在社会转型时期——村里的孩子都去镇上或城里读书了，年轻人也都一个个奔向大城市追逐他们的城市梦了，村里只留下了一群老人坐在村头，期待着能有新的面孔从他们的眼前走过。他们早已不再热衷于家长里短，有些人坐在那里半天，甚至连一

句话也不说。外面的世界正在发生着日新月异的变化，这里却仿佛被世界遗忘了一般，渐渐荒芜、沉寂。

我反反复复地读着，一遍一遍地思考着，从孙少平到孙少安，从田晓霞到田润叶，以及少平的师傅及师娘，少安的山西老婆等，还有那个山村里的人际关系，世故的、淳朴的……从书中人物到我，从书中的山村到我的山村，我的内心仿佛被一张巨大的网紧紧地包裹着，我在心里反复对比着他们和我们。对于生我养我的这片土地，我是又爱又恨，我憎恨这里的落后与贫穷，但又深爱它的淳朴与包容。我一遍遍地问自己，我的理想是什么，如果是逃离故乡的话，我又能逃到哪里去呢？

书屋，犹如一盏灯，不仅照亮了我的暑假生活，也点亮了我的梦想。我要用在书屋里学到的知识来建设家乡，改变家乡，让比我更年少的孩子不再害怕回到这里。

○ 学　　校：甘肃省天水市麦积区麦积中心学校
○ 书　　屋：甘肃省天水市麦积区麦积镇后川村农家书屋
○ 指导教师：李　燕

书中自有我梦想

张慧媛

"朱雀桥边野草花，乌衣巷口夕阳斜。"沿着小路向前走，路边是颗粒饱满的青稞，风吹来，簌簌的碰撞声拂去了心底的不愉快。树叶随意地舒展开来，夕阳斜斜地洒下，在树荫下映射出斑驳的影子。再往前走去，转过弯，是方不大不小的广场。一到晚饭后，村里的人们便陆续赶到这里，唱民谣扭秧歌，月上柳梢头都不肯离去。广场的西北角是一处幽静的小平房——我们村的书屋。

书屋是前几年建的，坐落在村委会的旁边。里面摆放了四个大书柜，书柜里面是大大小小的各类书籍。书屋中间放了一张桌子供大家读书用。谁要往外借书只管跟管理员说一声，没有烦琐的借书手续，但读完的书总会归还，整洁如新，从未丢失一本。我也总在双休日里，借些精神的食粮，来填饱灵魂的空虚。与广场的热闹不同，这里安静，却也充实。

从前的闲暇时光，在小巷的交会处，人们总要聚在那儿唠唠家常，聊鸡毛蒜皮的琐碎八卦。但现在，那些退休的老干部们经常带着书，坐在树荫下，给纳鞋底绣花的妇女们讲戚继光抗倭、英雄冯子材……有了书屋，人们可以心安理得地静心阅读，读各种各样的书，

体会万千感情，品味不同的故事。

　　"诗万首，酒千觞。几曾着眼看侯王？玉楼金阙慵归去，且插梅花醉洛阳。"我不曾亲眼看过洛阳的繁华，但我知道洛阳白马寺那鲜衣怒马的少年郎，清泉边上巧手酿百酒的二八姑娘，夕阳里镀上金色光辉的古旧厚重的墙。"须信春风无远近，维舟处处有花开。"胭脂红的芍药，木鱼声声的伽蓝寺，长亭更短亭，处处是柔情。"河图洛书、伏羲八卦图"是古都洛阳独有的传奇。话说洛阳纸贵，更彰显无数才子情怀。

　　"朝辞白帝彩云间，千里江陵一日还。"我不曾亲眼领略过荆州的韵色，却在记忆深处深深铭记着太白乘着轻舟，听着猿声，穿过巍峨的青山，带着豪情与侠气高歌江陵。杜甫路经这里，写下《江陵望幸》，赞美它的雄伟壮丽，地势险要。陶渊明也将一腔诗情引至此，在诗文中耕耘着他的桃花源。江陵儿女们脚踏着被诗文浸润的土地，痛饮着诗气酿成的烈酒，似乎生来就满腹才情。船夫划桨高歌，不避那一叶扁舟上的过客。姑娘们在水一方翩跹起舞，不经意间撞上了少年的目光；他们在亭上吟诗作对，背后是飞楼涌殿，华拱画梁。眼前双鹤穿云过，也许它们只在诗行停过，但如此，足矣。

　　"秋水共长天一色"的滕王阁，"天阶夜色凉如水，坐看牵牛织女星"的七夕节日，"接天莲叶无穷碧，映日荷花别样红"的江南美景，一幅幅画面，一段段故事，如琴音流淌进心扉，静谧而温润，多情而美好。读万卷书，行万里路。暑往寒来，秋收冬藏。书屋里是我们，外面是世界，里面是渴望，外面是梦想。

书中自有黄金屋，书中自有颜如玉，书中自有我梦想。小小的书屋承载了几代人读书的梦想，更增长了我们追求梦想的力量。一页页书见证了渴望知识的眼眸，一行行字接通了去往未来的桥梁。书屋陪伴我已有三个春秋，我拥有的我将珍惜，无论它怎么普通，于我便是独一无二。

少年的梦，像永不凋零的花。人生没有太晚的开始，前方黑暗，便提灯前行，越努力，越幸运。不积跬步，无以至千里。每天积累一点儿，便足以汇成江海。往前奔跑的路途充满坎坷，但有书屋相陪，一切终究会过去。我们终究要独自面对这天地浩荡。在梦与光的江湖里，我们与自己热爱的事和所执着的梦，会久别重逢。此后，我们仍在人生的河流上撑一支长篙，向青草更青处漫溯，只待日后满载一船星辉，在星辉斑斓里放歌。

○ 学　　校: 青海省互助土族自治县第三中学
○ 指导教师: 李伟林

让文字牵着思想远行

辛一格

书屋中

我翻着一本父辈的书

手指轻拈发黄的纸张

阅读着富有历史沧桑感的文字

仿佛是一次旅行

漫步的是自己的心灵

打开自己，让文字牵着思想远行

沿途山川壮阔，风景旖旎

这是快乐的出发

也是幸福的围城

镜光反影

看见自己，和真实的感情

在情绪里舞蹈

穿越这语言的迷宫

——我看到了那段历史的画卷

即便，那夜深得摸不着边际

依然不惧，因为

这心中不只自信从容

还有那不可或缺的爱

这爱，是人间恒久的光明

这世界，不只有诗与远方

还有坚定的初心

"中华民族到了最危险的时候"

你从"闺房"中走出

面对讥讽和质疑

面对恐吓和威胁

面对一柄柄钢刀

面对一杆杆长枪

你没有迟疑

漂洋过海，跋山涉水

你从来没有对革命的信念产生动摇

"威武不能挫其气，

利禄不能动其心"

"死里逃生唯斗争，

铁窗难锁钢铁心"

你振臂高呼，摇旗呐喊

你出生入死，矢志不渝

你在革命的烈火中百炼成钢

你在建设的热潮中书写春秋

你与仁人志士煮酒论剑

你与人民大众扶犁播种

从此，这历史就有了英雄的传奇

这秋色就有了一抹耀眼的亮光……

于是

我在老书的扉页写下

——革命者

这世界，不只有诗与远方

还有盛世豪迈

"中华民族到了最危险的时候"

你从"天使"化为白衣战士

面对困惑和迷茫

面对危险和诋毁

面对一张张渴望生的脸庞

面对一次次濒临死的考验

你没有迟疑

夜以继日，众志成城

你从来没有向愈演愈烈的新冠妥协

温暖多一点儿

冷漠少一点儿

纵然冬天寒冷

春天的脚步不会延迟

你大义担当，情系万家

你勇毅笃定，战无不胜

你在无硝烟的战场上燕然勒功

这冬日又多了一份绚烂……

于是

我合上书在封皮上写下

——逆行者

丁零零

丁零零

是为午睡准备的闹铃

将我的远行拉回

目光穿过窗户

广场上的红旗正在燃烧

再翻开书页

文字是那么熟悉、清新

仿佛跳动的星子

一个个扑向我的心灵

江西 / 何睿依 绘

○ 学　　校: 新疆维吾尔自治区塔城市第六中学
○ 指导教师: 周　惠

梦想启航的地方

李 婷

我是一个脑筋不太灵活的孩子，识记东西很慢，但好在小学阶段课程不多，所以成绩能在中等偏上。父母对我特别宽容，他们认为我小时候发烧影响了智力，是因为他们工作忙耽误的，为此特别愧疚。所以这么多年来，在学习上，他们从没批评过我。老师也觉得我很努力，又懂事，可就是背书很慢，做题要练习好几遍才懂。小学科目少，相对简单，我还能应付，顺利毕业。

到了初中，我彻底傻眼了，不仅科目多，作业也多，让我应接不暇，居然连着几次考试都不及格。我就像个罐装的容器，每节课老师讲的内容，我只是死装进去，却没有一点儿反应。这边语文老师刚留下我背完古诗，那边英语老师就催我，单词怎么还没背完？背不完不让回家，我急得大哭起来，最终总算勉强背下来。回到家，父母一直在等着我吃饭。看到这种情形，我不争气的眼泪又流了下来。

难道我真的很笨，天生不是学习的料吗？既然这样，我还不如轻松些，像班里的几个差生一样。老师让留就留吧，她总有回家的时候。不就等着一起回吗？要想把作业快速完成，抄作业是最省事的，这也不是什么难事。这样想着，我就决定本周不写作业了，刚好明天

周日，我想办法去把王萌的作业借过来抄抄。有了这种想法，我也就觉得心安理得了。

第二天上午，我打电话给王萌，她说正在连队若桐农家书屋读书，让我到那里去找她。我骑车来到连部办公区，往左拐，就看到一个大门朝南的院子，院门上贴着一副对联，上联是"轻声细语勿喧哗"，下联是"细品慢读收获大"，横批是"开卷有益"。进入院内，一条水泥路直通向迎面的三间平房，路两边种的月季花开得正旺。正中的门开着，门上贴着书屋的名字"若桐农家书屋"。抬脚入门就看到正房东西两面靠墙处放着一米多高的几组书柜，柜子上摆着各类书，柜门上贴着不同的标签，有漫画类、中外名著类、农业类、娱乐类、军事杂志类……在北面靠窗户处摆放了两张桌凳，窗台上放着两盆吊兰。房屋中间并排摆放了六张长桌及方凳。整个房间明亮干净，阳光充足。王萌就坐在靠窗处。我大声叫她，她赶紧用手示意我，做了一个"嘘"的口型。我立马闭嘴，悄悄走到她旁边的座位坐下。我看到她正在看小说《红星照耀中国》，这是前不久老师给我们推荐的书。她抬起头对我说："这里书很多，你自己找来看，等过一小时后，咱们出去说事儿。"于是我轻轻走到标注中外名著的书架旁，找了一本《假如给我三天光明》，这也是老师推荐过的，我早就想看，于是取过来坐在凳上读起来。读着读着，我就被书中的情节给吸引住了，竟忘记了时间。直到王萌叫我走，我才"醒"过来。

走出大门，她告诉我，这个书屋是郑大爷在管理，他的三个儿子大学毕业后，都在外地工作，很少回来。他闲来无事，就接管了书屋的差事。郑大爷不仅把自家的房间腾出来一间当书屋，还把自己的孩子读过的书都放进书屋里，加上连队为书屋建设而订购的书，有上千本呢。他希望连队的孩子多读书，希望连队的年轻人多读书。说话间就要分手了，她问我找她有什么事，我连忙说："没啥事儿，就是没意思，找你玩。"

回到家，躺在床上，我久久不能入眠，海伦的形象一直在脑海中浮现，我想：一个盲聋人能做到的事，我怎么就做不到呢？我要向她学习。我要自己完成作业，我要努力学习，做一个对社会有用的人。如此想着，我竟甜甜地进入了梦乡。

从那以后，我就每个周末骑车到若桐农家书屋读书。平时上课我认真听讲，不会的题就去问老师。我早来晚走，抓紧时间背书、写作业，就是为了周末有更充分的读书时间。父母对我的变化感到非常吃惊，也更惊喜。就这样，从七年级到九年级的周末、假期，我几乎都是在若桐农家书屋度过的。现在我已读了20余本书了。

高尔基说："书籍是青年人不可分离的生命伴侣和导师。"读过一本好书，就像和许多高尚的人谈话。读了《三国演义》后，我深刻体会到它透露出的"天下兴亡，匹夫有责""匡扶社稷，兼济天下"的报国思想。读了《铁道游击队》和《红星照耀中国》后，我明白了正是无数革命先烈在狼烟四起中横刀立马，在民怨国殇时冲锋陷阵，在家破人亡中赴汤蹈火，才换来我们今天的幸福生活。读了《青春之歌》和《钢铁是怎样炼成的》后，我懂得了面对重重挫折打击，都不要轻言放弃，尽管前行的路充满坎坷，艰辛异常，也要为自己的信仰

而努力。读了《平凡的世界》后，我懂得了人生需要奋斗。人，无论在什么位置，无论多么贫寒，只要有一颗火热的心，只要能热爱生活，坦然面对挫折，就能做生活的主人……每读一本书，我就接受一次心灵的洗礼；每读一本书，我的内心就会变得更加强大；每读一本书，我的人生坐标就更加明晰。

若桐农家书屋，让我喜爱上读书，让我陶醉于读书，让我钟情于读书。读书，让幼稚天真的我变得成熟稳重；读书，让是非难辨的我学会分清美丑善恶；读书，让学疏才浅的我变得知识丰富而理性；读书，让脆弱无助的我变得性格坚毅而刚强。我愿做一只神勇的雄鹰，在书的天空中自由翱翔，寻找到一片属于自己的蔚蓝；我愿做一只乘风破浪的航船，承载着美丽的强国梦，在书的海洋里劈浪前行，驶向属于自己的人生彼岸！

○ 学　　校: 新疆生产建设兵团第五师八十四团学校
○ 指导教师: 田　艳

后记
HOUJI

　　2021年是党的百年华诞。围绕习近平总书记"抓好青少年党史学习教育，让红色基因、革命薪火代代传承"的指示精神，2021年6月，国家新闻出版署和教育部共同启动"我的书屋·我的梦"农村少年儿童阅读实践活动，并成为各地农家书屋工作部门党史学习教育中"我为群众办实事"的重要工作举措。在国家新闻出版署的指导下，各地持续提升党史类少儿图书配备比重，组织开展了"阅读红色经典、传承红色基因""我为家乡作贡献、争当书屋小管家""党史少年说、书画英雄魂"等重点活动，通过"阅读、实践、写作、书画"等方式，引导农村少年儿童从小学习党的历史、播种理想信念种子，厚植爱党、爱国、爱社会主义情感。各地相关部门积极响应，全国共组织开展阅读实践活动近30万场次，征集征文书画作品近30万篇（幅），辐射2000余万农村少年儿童，得到老师和家长的高度关注与广泛好评。

　　经逐级推荐评审，本次活动共推选出优秀征文作品60篇，绘画作品 60 幅，手抄报作品 29 幅，硬笔书法作品 68 幅，软笔书法作品 75 幅。这些作品主题鲜明、内容真实、情感真切，且具备一定艺术性，承载着全国农村少年儿童的希冀，也凝聚着各级宣传、教育管理部门工作人员的心血。我们将这些优秀作品结集出版，给予孩子们生活和艺术的鼓励，鼓舞他们开启不一样的人生！

本书由十三届全国政协文化文史和学习委员会副主任阎晓宏担任编委会主任，王岳、史竞男、刘晓凯、刘爱芳、孙柱、杜宇、杜志兵、李飞、吴娜、吴琳、张晓楠、翌平、董伊薇、薛静等来自宣传部门、出版单位、新闻媒体、教育和文化单位的同志担任图书编委。中国少年儿童新闻出版总社的有关领导和同志们为本书的编辑校对和顺利出版做了大量工作。在此，向所有为本次活动的成功开展和本书的顺利出版付出了辛勤劳动与心血汗水的同志及单位致以诚挚的敬意！

习近平总书记寄语少年儿童："当代少年儿童既是实现第一个百年奋斗目标的经历者、见证者，更是实现第二个百年奋斗目标，建设社会主义现代化强国的生力军。"请党放心，强国有我！希望孩子们牢记习爷爷嘱托，好好学习、天天向上，在阅读中传承红色基因，赓续精神血脉，争做时代新人！